思いぶらぶらの探索

物理学研究者の、動き回る心と
明日知れぬ想いのエッセイ

曽我文宣
SOGA Fuminori

丸善プラネット

まえがき

小島直記氏が書いていることだが、私は文芸評論家の本多秋五氏が、年を取ってから、大学のすべての講義を断り、これからは自分の仕事の残務整理に全力で取りかかったという話をときどき思い出す。彼はその自分の書斎の壁に「専心専念」とか「七二歳の老人よ、あとがないぞ！」とスローガンを書いた紙をべたべた貼って、息子から「まるで受験生だね」と笑われたとある。

私など、本多氏のその時の年をもうとっくに越えている。しかし、彼はその気力を継続し、亡くなったのは九二歳であった。そのことを考えると、私はまだまだ若いとわが身を励ましている。

また私は、野上弥生子氏が、長編「秀吉と利休」（中央公論『日本の文学』、一九六五年）を、中央公論に連載し始めたのが昭和三七年一月から翌年九月までの二一ヶ月間で、同書は昭和三九年二月に同社から刊行されていることを知った。執筆時、彼女は、七六歳で、刊行時には七八歳である。私の大学院時代の恩師、野上燿三先生は彼女の三男であるが、彼女は白寿までその命を永らえた。私はこの彼女の代表作を、一〇年ほど前に読んだが、女性とは思われないゆるみのない文体で、読むのには集中力を要し、気楽とは程遠い緊張感あふれる展開で、最後まで息の抜けない筋書きであったのを覚えている。内容は小説であるので、史実とされるものと、虚構の人物も配置されているようだが、歴史的に有名な世俗の権力者秀吉の弟秀長没後の乱心ぶりと、その要求で命を絶った誇り高い利休の解釈をめぐる彼女の考察が描かれている。

彼女の執筆時は、まさに現在の私の年であることを考えると、少なくともまだまだ精神的に老いるわけにはいかない。もちろん私は、小説家として一生を送り有名になった彼女とは、全く異なる人生なので、仕事の比較その他、対比するのは滑稽なのだが、少なくとも気力だけは彼女の姿勢を学びたいと思う。

さらには、彼女はそれからほぼ一〇年後、雑誌『新潮』において昭和四七年五月号から断続的に自叙伝風の小説「森」（新潮社、一九八五年）を六〇年六月まで連載した。毎日二枚の原稿を書くことを日課とした作業は、死ぬ直前まで続き、ついに未完となった。内容は彼女の明治女学校（注一）での多感な娘時代の話で、中頃までは彼女自身の経験的なものだろうという感じだったのが、最後に近くなると、級友の恋愛話など、全く主人公とは離れたフィクションそのものになってしまい、事実には興味があるけれど、作り話は読む気がしないという最近の私の感覚からすれば、どうでもよい作品だと感じたが、少しの乱れもない文章になっていることだけには感心した。年齢的に世界で最高齢の作品であろう。

これとは別に、私は牧野拓司氏が書いた『人生語録 長生き賢者一〇〇の訓え』（毎日新聞社、二〇〇八年）をときどき読み返したり眺めたりしている。ここには、長命であった国内外の一〇〇人の生前のことばが載っている。著者は読売新聞の記者で、論説委員まで務め、その後、老年学の専門家ともいうべき立場でいくつかの著作を書いている。まえがきによれば、一九七八年、彼が五〇歳の時、東京で「国際老年学会」の総会が開かれ、世界四九ヶ国から一四〇〇人、国内八〇〇人の高齢者問題の専門家が集まり五日間の討議を行った。その時に彼はその会議を駆け回って取材を行ったのがその後の彼の活動のきっかけとなったという。ここに取り上げられたのはやや短命の少数の賢者の他は、九割近くが七〇代から一〇七歳までという「長生き賢者」たちである、と書かれている。著者自身一九二八年生まれであるから現在九〇歳を超えている（注二）。

まあ、この中は、世に言う著名人ばかりが載っているのだが、彼らが長命であるだけでなく、年を取ってもたくましく活動を継続した様子が描かれ、読むごとに励まされる。

こんなことで、毎日を無駄にしないようにと、読書をしながら、いろいろ調べながら少しずつ書いた諸文がたまったので、新たに本を出版することにした。


注一、　彼女の年表を見ながら読むと、明治女学校は当時、巣鴨にあった少人数のミッション系女学校で、やがて閉校となって現在はない。作品ではすべて主なる登場人物は仮名で（内村鑑三など例外はあるが）、学校の名前も日本女学院となっている。彼女が大分県臼杵の醸造家の娘で一五歳で上京して叔父の家に住み……ということなど、前半のあらすじはかなり事実に沿って書かれている。

しかし、作者自身は、書き始めの時に掲載された「作者の言葉」で、自分の場合、自叙伝などそれを精彩あるものとする悲劇的要素はないので、虚構でいくことにしたと述べている。


注二、　著者の妻は女優の香川京子である。

目次

まえがき
第一章　科学とその周辺
行動経済学の面白さ　二
第二章　社会を見て
豊かになった日本　二八
ものごとの過去と未来　三五
トヨタ自動車のこと　五一
コンピューター世界の歴史およびゲイツとジョブズ　九二
第三章　いろいろ
散歩道と最近の日常生活　一〇四
ことばの力　一一八
夫婦が共に作家である人たち　一二六
天使の歌声　一四五

第四章　人物論
雷（いかづち）の艦長、工藤俊作中佐　一五二
バタやん　田端義夫氏　一七三
松下幸之助氏　一八五
あとがき　二一七

《付記》本書は、原文引用および写真転載にあたり、原則として次の要領に従っています。

(1) 著者による注記は、【 】で示した。

(2) ふりがなは、( )内に記した。

(3) 中略部分については、三点リーダ(……)で示した。

第一章　科学とその周辺

行動経済学の面白さ

二〇一八年の春に、中学以来の大の親友である添田浩君と電話で話し、「最近どうしている？」と聞いた時に、彼は「ここのところ、行動経済学という奴が面白くてそんな本を何冊か読んでいる」と言ってきた。私はその言葉は全く聞いたこともなかったので「それはなんだ？」と言うと彼は「ダニエル・カーネマンやリチャード・セイラーが本を出している。君も読んでみたら」と教えてくれた。

中学卒業時の添田君

最近の添田浩氏

彼は、東京芸術大学卒業の建築家で、他の友達にはない独特のセンスを持っている。若い頃から、私は多方面で世話になった（注一）。今では人生の恩人の一人として感謝している。建築設計という、私から見れば感覚的仕事をしてきたように思うし、社会に対して一見素っ頓狂な感覚で眺めている、といった風にも見えるのだが、実に逞ましい知的好奇心を持続している。それは社会科学や人文科学だけでなく、自然科学も含み、ときどき物理学や宇宙論に関して質問もされる。それが私が考えたこともないような発想でやってくるから、私も非常に刺激を受ける。私が芸術家気質に関して尋ねたりすると、また愉快な返事が返ってきたりする。

またユーモア満点の男で人生を楽しく送る天才でもある。若い頃から建築材料の調達など、仕事の関係で何度もヨーロッパにも行っていたこともあり、西洋料理を自ら作ることが大好きで、『ワンダーレシピ』（工作舎、二〇一〇年）という自分で描いた絵を載せた著書も出版している。この自分と全く違った能力と性格を持っている彼に、私はとてつもない魅力を感じて、長年大切な親友であると思ってきた。

早速私は彼の言に従って、いつもの通りまず図書館で本を探してみた。ところが、これらの本は、例えばリチャード・セイラーは、二〇一七年のノーベル経済学賞を受賞したということで、どの公共図書館でも予約待機者が二〇人以上であった。これでは待っていたら私の番は一年以上先である。そこで新宿の紀伊國屋書店に行ってどんな本かを眺めてみると、かなり分厚い本ばかりであって、中身をよく知らずに購入する気にはならなかった。この年になると、値段よりもそれを購入した後の費やす膨大な時間を考えてしまう。どうしたものかと数日考えていたのだが、たまたま、図書館に『行動経済学 経済は「感情」で動いている』（友野典男著、光文社文庫、二〇〇六年）という手頃な新書本を見つけたので、まずそれを読んでいった。そしてこれは非常に価値があると思って三分の一ほど読んだ時点で購入した。これでじっくりと読むことができた。著者の友野氏は一九五四年生まれ、現在明治大学情報コミュニケーション学部教授で、専攻は行動経済学、ミクロ経済学とある。

彼はまず、「経済人」（ホモ・エコノミカス）とはいかなる人かを述べている。すなわち経済学が前提とする人というのは、超合理的に行動し、自らの利益だけを追求し、自分を完全にコントロールして短期的だけでなく長期的にも自分の不利益になるようなことは決してしない人々である、このような人が果たしているだろうか、と

いうことから話を始めている。彼は、こんな知人がいたら、決して友達にしたくない人々だと付け加えてもいる。そして、このような前提から構築された従来の経済学に本質的な疑問を感じることから、行動経済学が近来、発展してきたということである。

私は、経済学が社会科学の中で、もっとも数理的な解析が可能であり、しかも社会の発展の上でもっとも重要な科学の一つであると思い、興味もあって自分で勝手に勉強したことがあった。アダム・スミス、メイナード・ケインズ、そしてミルトン・フリードマンのそれぞれ代表的な書籍を読んだことがあった（注二）。これは素人の甚だ未熟な理解であったかもしれないが、考えてみると、「自主的な利益を追い求める活動が見えざる手によって制御される」というスミスの主張から始まって、人々は常に合理的に振る舞うことがあたかも当然という仮定があったことは確かである。わざわざ自分の不利益になるようなことはしない。この仮定を半ば疑問符とすることをスタートとするというのであるから、いったいどういうことかと、興味を誘われた。

確かに日常生活で、これに相反する行動はいくらでも見つかる。我々はいつも自分の利益ばかり追っているわけではないし、他人の目を気にするし、場合によって利他的な行動もする。ただ、学問的に考えた時に、総体としての人々の行動をどう規定するかという問題は、諸論あるらしい。行動経済学は研究者の間でも一致した定義はないが、人々の実際の行動、その結果として経済社会に何が生じるかを研究するものであると著者は述べている。人が実際にいかに行動するかを知るために、さまざまな被験者による実験やフィールド・ワークや、コンピューター・シミュレーション、さらには脳の画像解析まで行われる。このため特に心理学の影響が強い。

もともと、経済学では心理学的考察が多々あった。スミスは哲学専攻であり、彼は『道徳情操（感情）論』を書いているし、アルフレッド・マーシャル、メイナード・ケインズの著書にも、倫理学的言辞や心理学的洞察は多く見られていたのだが、その後、それらは途絶え数理経済学全盛の時代を迎えてしまった、という。その中で、ハーバート・サイモン（一九七八年ノーベル経済学賞受賞者）は、標準的経済学が仮定している合理性に対して、人間の認知能力の限界という観点から批判を加え「限定合理性」とか「満足化」原理、「手続き合理性」などという、経済学と心理学の復縁の兆しを示したが、それが大きな流れにはならなかった。

行動経済学の誕生と目されているのは、一九七九年、ユダヤ人で共にヘブライ大学卒業のダニエル・カーネマン（一九三四年生まれ）とエイモス・トベルスキー（一九三七年生まれ）による「プロスペクト理論：リスクの下での決定」が、経済学界の最高水準の雑誌の一つ『エコノメトリカ』に掲載されたことだという。だから、この分野はまだ約四〇年しか経っていない。カーネマンはもともと心理学者であって、同じ心理学者のトベルスキーといつも連名で論文を書いた。カーネマンは二〇〇二年のノーベ

ダニエル・カーネマン

エイモス・トベルスキー

ル経済学賞を、実験経済学を始めたヴァーノン・スミスと共に受賞した。トベルスキーはその前に死去していたのであるが、カーネマンは生きていたら間違いなく彼と一緒に受賞しただろうと述べている。

では、具体的にこれはいかなるものか、著者は第三章「ヒューリスティクスとバイアス」から始めている。ヒューリスティク（heuristic）というのは聞き慣れない言葉だが、辞書で見ると「発見的な（教育法など）」とある。問題を解決したり、不確実な事柄に対して判断を下す必要がある時に用いる便宜的あるいは発見的な方法であり、いわば常識に基づいてというのがこれに当たるが、これに対して対比されるのが、手順を踏めば厳密な解が得られるとするアルゴリズムであるが、日常はヒューリスティックスを用いて判断していることが多い。それだけにとんでもない間違いを生み出すこともある。ある程度確率的に思考するのだが、そこにバイアス（偏り）が伴う。

　著者は「利用可能性ヒューリスティック」から生じる「後知恵バイアス」、「代表性ヒューリスティック」における「ギャンブラーの誤謬」あるいは「平均への回帰」、第三のヒューリスティックとしての「係留（アンカリング）と調整」など、いろいろな例証を挙げて説明している。例えば、アメリカで自殺と他殺のどちらが多いかと尋ねると、大部分の人は他殺と答える。これは利用可能性に問題があり、マスコミでは毎日のように殺人事件が報道されるからで、実際には、一九八三年は、自殺者二万七三〇〇人、他殺者二万四〇〇人だそうだと書かれている。また、「後知恵バイアス」というのは起こってしまった後で、「そうなると思っていた」とか「そうなることは初めからわかっていた」などと言いがちであるということだという。実験で、アガサ・クリスティの書いた本は何冊かと四六人に推定させた。推定の平均値は五一冊だった。後日、正解の六七冊を知らせ、自分のもともとの予想を思い出すように言ったところ、その平均値は六三冊に上昇した。つまり、自分がより正解に近い予測を行ったと考える人が多かった。ことが生じた後では、その事実が印象的に残る。野球で二割五分のバッターがある試合で三打数無安打の時、「確率からいっても次の打席ではそろそろヒットを打ちそうだ」と解説者が言ったりするのは「ギャンブラーの誤謬」の例であるという。一方で長期的には「平均への回帰」があるのだが、これが無視されることも多い、ともいう。

しかし、私にはあと一つピンと来なかった。むしろ、人間の情報処理プロセスが直感的部分と分析的部分の二つから形成され、労力がかからない前者と、労力を要する後者に分けられる。前者がもともと人間と動物の両方が持っているのに対し、後者は前者よりずっと遅れて進化した人間固有のシステムである、それのみを有する人間こそ標準的経済学が前提としている経済人である、という文章が印象的であった。

第四章と第五章で、カーネマンとトベルスキーの「プロスペクト理論」が解説されている。人間は、温度、明るさ、味などについて、絶対値でなく相対的な変化に鋭敏に反応する。これは金銭や物に対しても同じで、例として年収一〇〇〇万円であった人が三〇〇〇万円に昇給すれば飛び上がるほど嬉しいだろうし、年収五〇〇〇万円の人が三〇〇〇万円に減給されれば、死にたくなるほど悲しいだろう。同じ三〇〇〇万円なのに。と書かれている。

次ページの図がプロスペクト理論で重要な価値関数 v で、横軸は、利得（＋）と損失（－）で縦軸が価値である。原点は現在の状態で参照点と呼ばれる。この曲線は効用の評価に関する三つの顕著な性質がある。著者はこれが理論の大きな特徴であるとして、以下のように解説している。

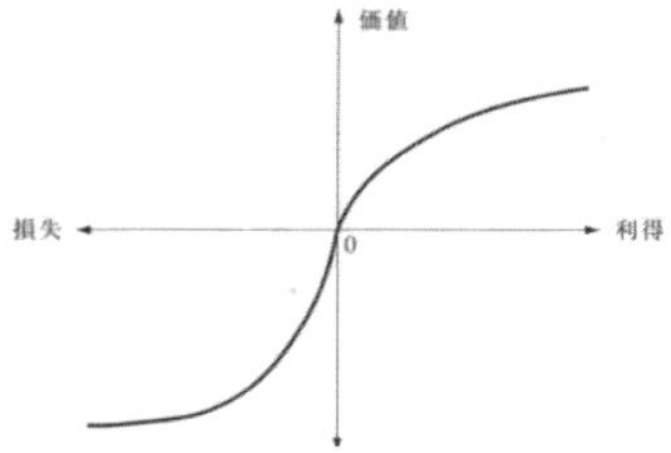

価値関数

一つは「参照点依存性」であり、価値が参照点からの変化で測られ、絶対的水準が価値を決定するのではないということである。資産四〇〇〇万円が三〇〇〇万円に減った人と、一〇〇〇万円が一一〇〇万円に増えた人と、どちらが幸せか。多くの人は後者と思うであろう。プラスの方向は利得となって効用をもたらすが、マイナス方向は損失となって負の効用となるからである。経済学での従来の効用概念は、富の水準で測られてきたが、現実の人間行動からはかなり隔たっている。

第二の性質は「感応度逓減性」であり、利得も損失もその値が小さいうちは変化に敏感で、比較的大きな価値をもたらすが、大きくなると感応度が減少する。これは標準的経済学のいわゆる「限界効用逓減性」と同様である。第三の性質は「損失回避性」と言われるもので、損失は同額の利得よりも強く評価される。これは原点近くの価値関数の傾きが利得よりも損失の方が大きく、曲線が原点で滑らかに繋がっていないことに現れている。これらの性質が事実であることを著者は一つ一つの実験での人々の選択を数値例で説明もしている。この実験というのがどういうものか、例が出ている。簡単な選択に対する質問である。六〇〇〇円が確率〇・二五で得られるのと、四〇〇〇円が確率〇・二五で得られ、かつ二〇〇〇円が確率〇・二五で得られるのと、人々はどちらを選択するかを問う。そうすると、前者を一八%が、後者を八二%が選んだ。これは感応度逓減性を示す。また四〇〇〇円が確率〇・八で得られるのと、三〇〇〇円が確率一・〇（必ず）で得られるのとでは、前者を二〇%の人が、後者を八〇%の人が選んだ。これは確実性効果と呼ばれ、人々は確実性を重視する。人々の行動は、この価値関数に定性的に非常によくマッチしていることが示されているし、私もうなずけるものであった。

これにプロスペクト理論のもう一つの軸となる確率の重み付けに関する「確率加重関数」がある。左図で横軸が確率 p で、縦軸が確率加重 $w(p)$ である。ただし確率は0から1までとする。実際に人が判断をする時、x が確率 p で起こると全体的評価としては、$v(x)$ に $w(p)$ の重みをかけた $w(p) \cdot v(x)$ で与えられるというのだ。そしてこの $w(p)$ の形は図のようになる。これがカーネマンとトベルスキーにより実験的に確かめられていると書かれている。直線との交点は、〇・三五でこの点は確率がその値通りに加重され、それより低いと過大評価、それより高い確率に対しては過小評価される。確率加重関数は、確率の両端つまり確率〇と確率一の近くで、傾きが急である。人々は確率の極端な数値のところでは、感応度が高まり、中間的な値では緩やかである。低い確率の過大評価と高い確率の過小評価は、どうやら人間の確率判断につきまとう普遍的な性質であるらしいと著者は述べている。

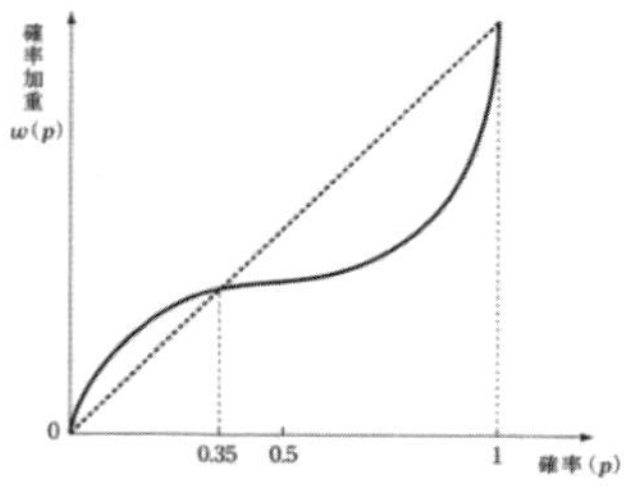

確率加重関数

確実性効果というのは、人々は確実なことを重視するという意味で、例えば、五〇〇万円得られる可能性が確率〇・一、かつ一〇〇万円を確率〇・八九で得られるのと、一〇〇万円を必ず得られる（確率一）のとどちらを選ぶかという質問では、半数以上（五三%）の被験者が後者を選択した。また五〇〇万円を確率〇・一で得られるのと、一〇〇万円を確率〇・一一で得られるのとの選択では前者を選択する人の方が多かった。これは期待効用理論では矛盾する結果なのだが、プロスペクト理論では説明ができて、ここでは省くがそれも説明されている。

このような曲線が書かれるためには、多くの実験、いろいろな条件で多大な選択問題が人々に与えられたに違いない。人々は、大部分ヒューリスティックな判断で回答したに違いないが、それが人間の心理的バイアスで偏りが生じていて、リスク追求的になったり、リスク回避的になったりする。こんなことを数値的に把握するというのだから、なかなか大変であり、一方この人間心理の微妙な結果をどこまで意味のあるものと考えるのか、迷いながら読み進めた。

第五章でプロスペクト理論の応用として、「保有効果」がまず取り上げられている。これは既に記した損失回避性がもたらすもので、人々が実際に物や状態を所有していると それを持っていない場合よりも、その物あるいはことを高く評価する。これを最初に証明した実験は、参加者半数に抽選券を、半数に現金二ドルを与え、交換取引の機会を与えたが、双方誰も取引しようとしなかった。また別に、マグカップを与えたグループと、チョコレートバーを与えたグループとによって、交換の機会を与えたが、ほぼ九〇%の人が交換を希望しなかった。このようなことは、七〇〇人の参加者による市場取引を模した実験でも行われており、保有効果が市場においても広く強い現象であることが確認されたという。保有するものを手放すことでの受取意思額（ＷＴＡ：Willingness to Accept）とそれを手に入れるために支払ってもよいと考える支払意思額（ＷＴＰ：Willingness to Pay）が乖離していることを意味すると解説されている。カーネマンとクネッチは、湿地や釣り場、郵便サービス、公園の樹木など市場で取引されない対象に対する所有権や使用権に対しても調査を行い、その結果、ＷＴＡはＷＴＰより二倍から一七倍も大きい値になったという。

損失回避性から導かれるこの性質は「現状維持バイアス」とも言える。そして選択肢が多ければ多いほどこの性質は顕著になる。

人が企業の行動を巡って判断をする時、何を公正とし、何を不公正と考えるか、という問題は、単純ではない。数例挙げているが、そのうちの一つを示すと、景気が悪くなったので、従業員の給料を一〇％さげることに対するアンケートをとると、受け入れられるが三九％で、他の六一％は不公正であると考えたのに、今までの給料の一〇％のボーナスの支給の廃止に対しては受け入れられるが八〇％であった。人々の判断は、参照点とそこからの移動が決定的に重要であることを示している。複数の人たちに対する分配の公正という問題も、状態の変化がもたらす評価の大きさを配慮する必要がある。

第六章は人間の意思決定が質問や問題の提示のされ方によって大きく変わる「フレーミング効果」についての記述である。トベルスキーとカーネマンの有名な「アジアの病気問題」とは以下の質問である。

アメリカ政府が、六〇〇人は死ぬと予想されるアジアの病気を撲滅しようとしている。二つのプログラムのうち、どちらが好ましいか。Ａは二〇〇人は助かる、Ｂは確率三分の一で六〇〇人が助かり三分の二で誰も助からない。この質問に対して回答は七二％がＡ、二八％がＢだった。一方、Ｃは四〇〇人は死ぬ、Ｄは確率三分の一で誰も死なず、三分の二で六〇〇人死ぬ。これに対しては、Ｃとしたものが二二％、Ｄが七八％だった。二つの質問は同一の状況なのだが、前者が「助かる」という肯定的な表現、後者が「死ぬ」という否定的表現のため、回答がこれほどまでに異なった。

統計データをいかにフレーミングするかは、社会全体にとってもきわめて重大であると、トベルスキーらは述べているそうである。

「初期設定」というのも決定的で、アメリカのある州で、適応範囲が狭いが安い自動車保険料が自動的に設定され、希望者は高い保険料に変更も可能というので八〇%が安い保険に加入している。これに対し、別の州では逆に高い保険料が設定され、安い方に変更可能という制度になっている。これも七五%が通常の保険の加入者である。もし、後者が前者の保険料設定をすれば、州民は二〇億ドル以上も支出額が少なくて済むであろうと推定されるという。臓器提供登録というのも、日本では少なくて成人の約一〇%、アメリカでも約二八%、これに対し、スウェーデンは八六%、オーストリア、ベルギー、フランス、ハンガリー、ポーランドはいずれも九八%以上だそうである。これは臓器提供をしないという意思表示を行わない限り、提供の意思があるとみなされるという初期設定がなされているからとのことである。これはどの設定が妥当かということは安易に判断はできないが、人々は公共が設定するものにさほど疑問を感じないことが多いことを示している。

セイラーは、人々が金銭に関する意思決定を行う時は、総合的に考慮して行うのではなく、比較的狭いフレームを作り、そこから決定を行うとし、それを「メンタル・アカウンティング（心の家計簿）」と名付けた。これは三つの要素からなり、一つは取引や売買の評価に関してプロスペクト理論に則り、参照点からの変化や損失回避性を重要視する。二つは家計簿と同じく項目別に損失や余剰を計上する。三つ目が、それぞれの評価をどの時間間隔で行うかである、とする。例えば、競馬の最終レースでは、大穴に賭けることが多いというバイアスがある。つまり、一日で収支を計算する。もっと長い目で見ればこういうことはないはずなのにというわけである（私は青島幸男が書いて植木等が歌った『スーダラ節』で「狙った大穴みごとにはずれ、頭かっときて最終レース　気が付きゃボーナス、すっからかんのカラカラ」という歌詞を思い出した）。これにもいくつかの例が書かれているが、一つだけ取り上げると、二〇〇万円の車を買う時に、オプションの七万円のカーナビは気軽に取り付けるが、今乗っているカーナビのない車に、カーナビを買うのはちょっと勇気がいる、ということなどである。

「サンクコスト（sunk cost）」というのは過去に払ってもう取り戻せない埋没費用を言い、現在の意思決定には無関係であるべきだが、人々はこれにとらわれる。「乗りかかった船だから」というわけである。過去につぎ込んだ費用が大きいほど、将来の決定に強い影響が及ぶ。これはフランスの飛行機「コンコルドの誤り」とも呼ばれることがあるそうだ。日本の原子力発電の開発など、正にこの問題に直面していると言えそうだ。「覆水盆に返らず」とか「死んだ子の年は数えるな」という諺は、「サンクコストにとらわれるな」というヒューリスティックスであると著者は述べている。

人間の選択で面白かったのは、「真ん中を選ぶ」という傾向がある、ということで、鰻屋で、松、竹、梅の鰻重があると竹を選び、寿司屋でにぎり寿司の特上、上、並があると上を選ぶという傾向に心当たりがある人が多いだろうという指摘で、これは「極端回避性」とか「妥協効果」と呼ばれるという。これはマーケティングでよく利用され、特に売りたい商品を、意図的に真ん中のランクに置くことがあるそうだ。

また人間には、何でも最高を追求する「最大化人間」と「ほどほど」で満足する「満足化人間」がいて、前者の方が総じて幸福度が低いと指摘されている、というような記述もある。

第七章「近視眼的な心　時間選好」は、損失や利得が時間的に離れた時点で発生する場合、その効用の評価がいかになされるか、という問題を取り扱っているが、指数型割引と双曲型割引の相違とか、やや記述のしにくい内容なので、ここでは省きたい。ただ、人間は総額が一定でも段々良くなる傾向を好むとか、将来の利得が大きくても目先の小さな利得を選んでしまいがち、というような振る舞いがいくつかの例証（健康よりもまずタバコの一服など）とともに記述されている。

第八章「他者を顧みる心　社会的選好」では、人が取引上で他人とどのように関わり合うかを「利己性」と「利他性」の観点から探るために考案されたゲームに対する反応を記述している。それらは「公共財ゲーム」、「間接的互酬性ゲーム」、「最終提案ゲーム」といったものである。これも一つ一つ記述するのは丈長になるが、最初のゲームの例だけ記してみる。

四人に一〇〇〇円ずつ渡し、公共のためいくらを支出するかを決定する。実験者は、各人の公共への貢献額を合計して、それを二倍して、それを全員に均等に配分する。例えば全員が四〇〇円貢献すれば、一六〇〇円の二倍、三二〇〇円の四分の一の八〇〇円が配分され、手元の六〇〇円と足して、結果一四〇〇円を保有することになる。自分が貢献せずに他の人が出してくれれば、自分はフリーライダー（ただ乗り）で持ち分はもっと増えるし、逆に自分が全額一〇〇〇円を出して他の人が0だったら、自分は五〇〇円保有するだけになってしまう。実際にゲームを毎回違うメンバーと一〇回繰り返して行った結果はどうであったか。そうすると、初回は、平均して初期保有額の三〇%から四〇%の貢献という協力行動が見られるが、回を追うごとに協力の度合いは減少し、一〇回目には一〇%程度に落ち込んでしまう。これは同じメンバー間でも同様だった。

この結果から、人は常に利己的とは言えず、また完全に利他的な人もいない。そして協力関係は、放っておけば崩壊してしまうもろいもので、初回だけ見て人を判断するのは早計だ、と著者は記している。また別の実験では、約半数は他の人が協力するなら自分も協力するという「条件付き協力」という行動をとった。こういう人がいて利己的な人もいると、グループ内の協力がやがて崩壊するのは容易に理解される。また処罰（実験者が例えば利得をマイナスすることができる）を導入すると、協力率が劇的に上昇することが知られている。完全な利己主義者でさえ処罰によって自分の利得が減るのを恐れて協力行動を取る。

まあ、こんな実験をいろいろすることによって、経済上に振る舞うときの人間の性格をいろいろいわばあぶり出していく、というのが、この章の中身である。

最後の第九章は「理性と感情のダンス　行動経済学最前線」である。元来、経済学で扱われる人間は常に理性的に振る舞い合理的にことに当たるという前提があった。著者は手許にある経済学の教科書を二〇冊ほど調べてみたが（英語版も含む）、索引に「感情」という項目があるものは一冊しかなかったという。心理学や意思決定論でも、感情や情動などの役割は全く無視されてきた。しかし、今まで見てきたように、人の判断や意思決定はヒューリスティックに頼って行われることが多い。感情や直感で、判断や行動が誘起されるのである。また、最近は脳を損傷した患者の思考機能低下の研究などから、脳の機能をさまざまな方法でとらえる神経経済学という分野の研究が活発になっているそうである。行動経済学の人たちも、カーネマン、ヴァーノン・スミスの両ノーベル賞受賞者を始め、多くの人が神経経済学に手を染めている。すなわちこれらには、経済学者、心理学者、神経学者などの学際的共同研究が推進されているとのことである。

現在、行動経済学は、一般に確立されたと思われた経済学に対するアノマリー（反例）を系統的に収集・蓄積する段階を終え（それらのアノマリーは、実験的方法や日常の観察によって、「汗牛充棟」と言えるほどに数多く収集・蓄積されてきた、との言葉がある）、そのような行動の体系化・理論化を図り、経済への影響を分析して政策立案のための提言を行うという段階に来ていると著者は言っている。

私がこの本を読んで考えるに、本の題名は「行動経済学」ではあるが、むしろさまざまな事態における人間の反応の心理分析といった側面が強い。人間の判断がいかに多くの側面から影響を受けて、直感的選考が錯覚その他によって行われているかを追求したものと言える。これが経済的行動、あるいは政策にどのように反映させていけるものかは、まだまだこれからの課題と言えるだろう。


さて、これだけでは不十分と思い、次に原典をと考え、思いついたのが大学の図書館である。どこの大学も一般人には貸し出しは許されていないが、閲覧はできる。アカデミックな本だから必ずあると思い、わが家からは一五分ほどで歩いて行ける、以前物理学会誌を数回読みに行ったことのある西新宿の工学院大学の蔵書検索で調べたところ、リチャード・セイラー（一九四五年生まれ）の本が二冊入っていた。

一冊は『行動経済学入門』（篠原勝訳、ダイアモンド社、二〇〇七年）で、もう一冊は『行動経済学の衝撃』（遠藤真美訳、早川書房、二〇一五年）であった。私が選んだのは後者である。これは前者は前述の友野著で、だいたい一般的理解は済ませた気がしたことと（注三）、後者はより新しいだけでなく、セイラーが自分自身の研究を時を追って書いていることに興味が湧いたからである。もっとも、この本の現題は「Misbehaving：The Making of Behavioral Economics」であるから、日本語の題名は全く適切であるとは思わないが、久しぶりで静かな大学図書館に数日通って通読した。

リチャード・セイラー

セイラーはアメリカのオハイオ州にあるケース・ウェスターン・リザーブ大学を卒業している。私にとっても全く知らない大学名であったが、この大学からはノーベル賞受賞者が一五人も出ている。彼はその後ロチェスター大学で修士号をとっている。やがてコーネル大学の教授となり、現在シカゴ大学教授である。このような経歴だけを見ても、日本と比べてアメリカの大学の柔軟性をつくづく感じてしまう。

この本は全部で終章を含めて三四章で、本文四九三ページの大冊である。最初に、経済学は人間の行動に対する誤った認識に基づいて作られていると述べている。それは、人は自分にとって最適な行動を選択するというもので、「最適化＋均衡＝経済学」という式で表すことができる。この式は強力で、他の社会科学は太刀打ちできない。

しかし、これは間違いで、ヒューマンの存在を認めて、モデルに組み込むアプローチ、心理学を始めとする他の学問を取り入れることが必要で、それが行動経済学であり、今や世界各国の有力大学のほとんどで研究者がいるほどに発展途上にある、と指摘している。

彼は一九七六年、ある会議でヘブライ大学のカーネマンとトベルスキーの研究室の助手と知り合い、彼らの論文「不確実性下における判断—ヒューリスティックとバイアス」を読み非常な興奮を覚え、さらに二人の論文「プロスペクト理論」に衝撃を受けたと書いてある。本書にも友野著と同じその価値関数の図が出ていて、損失回避性、保有効果の話が出てくる。彼は折しもスタンフォード大学に来ていた彼らと、一年間共同して研究を行い、セイラーは初めて自分の論文が掲載された（それまで六、七誌に却下されていたという）。その主題は一、メンタル・アカウンティング、二、セルフ・コントロールで、前者は七章から一〇章で、消費者の意思決定、またサンクコストなどについて、後者は一一章から一三章に異時点間での選択、消費関数モデルなどについて書かれている。これらは、友野著を一応熟読してあったので、スムーズに読めたが、より詳しく書かれたところもある。

彼は一九七八年に早くもニューヨーク州イサカにあるコーネル大学教授になった。このように早期に職が得られたのは、新しい分野の研究であって大学がその分野の専門研究者を求めたのが幸いしたのであろう。一四章で、彼はカナダのブリティッシュ・コロンビア大学の教授になっていたカーネマンの研究室に一九八四年から八五年と入り浸り、スタンフォード時代とともに最も実りのある一年であったと書いている。

一七章以下に、彼は「経済学者と闘う」としてその後の、いろいろな活動が書かれている。八五年に彼がコーネル大に四〇歳で戻った一〇月に、シカゴ大学で二日間にわたって行動経済学を巡って、初の専門家による、大規模な公開討論会が催された。これが、今までの伝統的経済学者との闘争の幕開けだった。その頃に、彼は全米経済学会の新しい機関紙『ジャーナル・オブ・エコノミクス・パースペクテイブ』（季刊）に連載特集論文「アノマリー・コラム」を依頼され一四回掲載された。実はこれが二〇〇七年、約二〇年後に日本で出版された翻訳版『行動経済学入門』である（なんと日本は遅れていることだろう！）。

「経済学は大きな学問であり、私は一人のぐうたらな男（この言葉は、カーネマンが彼を評してそう発言していた）だった。新しい領域を切り拓くにはチームの力が必要だった。エイモスとダニエル以外にも相手が欲しい。八〇年代後半に行動経済学者と名乗っていたのは三人だけだった。それは、ジョージ・ローウェンスタイン、ロバート・シラー、コリン・キャメラーである」と述べている。

一九九二年に彼らは「行動経済学ラウンドテーブル」というグループを立ち上げた。これは大学院生を呼び込んでサマーキャンプを行うもので、今でも続いていて二〇一四年は通算一〇回目、今まで三〇〇人以上が参加してきたという。

一九九六年エイモス・トベルスキーが死去し、バークレイにあったダニエル・カーネマン夫妻の家が火災で全焼、また彼自身の離婚問題もあって、一つのことを週七日、何ヶ月も研究する時代は終わった、と書かれてもいる。彼も五〇歳代になって、多事多難の時もあったということだろう。

この間にも、行動経済学に関するさまざまな話題が解説されている。セイラーは、通常の経済学が想定する合理的判断を常に行う経済人（ホモ・エコノミカス）を簡単のためエコンと称しているが（私は、厚生経済学でノーベル経済学賞を受賞したアマルティア・センが同様な人種を「合理的な愚か者」と言ったことばを思い出した）、実際の人間の判断はエコンから随分離れているとして、既に友野著でも記述された、「保有効果」、「現状維持バイアス」、「公正感」、「時間選好」その他の問題が触れられている。

二一章から二六章までは金融市場における行動現象を種々記述している。ただ、この株で儲けるような話は、私にとってあまり興味のない問題だったので、集中できなかった。

一九九五年にセイラーはシカゴ大学に赴任する。また、ＭＩＴの経営大学院で教師をしていたフランス・ルクレールという研究者と結婚（再婚）した（現在彼女は写真家となったと書かれている）。

二七章から三〇章は、さまざまのセンスの異なる話題が取り扱われている。彼は、「私にとって『トップ研究大学の教授』は何でも追求できてしかもそれを仕事と呼べる自由があることだ」と述べている。ここでは、二七章で「法と経済学」に挑んでいるが、二九章ではアメリカンフットボールのドラフト制度に関すること、三〇章では、テレビの賞金獲得ゲームの出場者の、その場その場での意思決定に関する分析をしている。かなり遊びながらの研究といった感じである。

三一章からは、意思決定に対して「ナッジ」する、という言葉が出てくる。これは訳本なので、こうあるが、これは知らない言葉だったので何だと思い巻末の文献検索で見ると、彼はキャス・サステインとの共著でこの題名の本『Nudge : Improving Decisions About Health, Wealth and Happiness』を二〇〇八年に書いている。大学出版局という地味なところから出版したために、当初売れるとは思っていなかったが、そのうち知られるようになり、二〇〇九年にペンギンから改訂版が出た。「Nudge」を英和辞典で調べると「(注意を引いたり暗示をするために)、ひじでそっと突く」とあった。日本では、この本は『実践行動経済学―健康、富、幸福への聡明な選択』（遠藤真実訳、日経ＢＰ社、二〇〇九年）として出ていた（この邦訳の題は苦心の作といえる。原題の直訳では、日本人は誰も理解しないだろうから）。

三一章で「貯蓄を促す仕掛け」という題で、老後の生活資金のための貯蓄をどのような言葉で勧めたらいいか、というような試みが書かれている。彼らが「ナッジ」という言葉を使ったのは、彼の言によれば、「何が最善であるかを私たちは知っているかのように振る舞っていると繰り返し責められていた。たしかに私たちはほとんどの人が快適な老後を過ごしたいと考えているだろうと考えている。しかし、その選択は個人の自由に任せたいと思っている。私たちはただ、人々がエラーと自ら呼ぶようになるのを減らしたいだけなのだ」ということだったと言う。彼らは最初パターナリズム（Paternalism：善意に基づく配慮）という言葉を使おうとしたのだが、それではあまりに押しつけがましいと感じたようだ。三三章で、この本を読んだイギリスの政府関係者が非常な興味を示したことで、彼が保守党政治家と付き合うことになったと書かれている。

終章は「今後の経済学に期待すること」である。彼は、四〇年前に比べて行動経済学が異端でなくなり、反逆の人生を歩んできた私が、行動経済学が主流になりつつある現実になかなか順応できていない、と述べる。二〇一五年に彼は全米経済学会の会長に選出されている。

将来について彼は、「この先、学問がどう変わっていくか、誰にもわからない。これから起こることが予想がつかない。だから、ここではいくつかの希望を述べる」と書いている。

金融経済学はデータが揃っているため行動学的なアプローチがしやすく、現にファイナンスについてはさまざまな議論がなされている。一方、今のところ最も影響を与えていない分野がマクロ経済学の分野であって、これらの行動学的アプローチをもっと取り入れるべきである。例えば、二〇〇七年から〇八年の金融危機でも、左派のケインジアンはインフラ投資を主張し、右派はそれは財政危機やインフレを招くとしてむしろ減税が景気を刺激すると主張した。

こんなところを読むと、状況を詳しく知らない私としては、行動経済学が生まれたと言っても、識者の議論は旧態依然としているなあ、と考えたくなる。

最後に、彼は行動経済学の創始に関わる中で、より一般的な基本原則を学んだと言う。それは、「一、観察する」、「二、データを集める」、「三、主張する」、ということで、このようなデータ主導型アプローチを仕事に、生活に取り入れることが重要だと述べている。

インターネットで彼のことをいろいろ見ている中に次のような記事を見つけた。彼の述懐は次の如くである。

「私は来日してすぐ相田みつを美術館に行って、彼の残した言葉に非常に心を打たれました。それは例えば「にんげんだもの」（注四）であって、もし相田さんが御存命であったらきっと次の共著者になってもらいました。彼の考えは間違いなく行動経済学に通じるものがあります。感動して思わず「相田みつをTシャツ」を買ってしまいました。今後は、私もこの「にんげんだもの」をモットーにしようと思います。」と。

東西の心がこのように通じるということは、私も素晴らしいことだと思う。


今から半世紀以上も前、中高時代からの大の親友であり、横浜大学で経済学を専攻していた私の親友、今は亡き馬場昭男君が「経済学に人間を取りこまないといけないと思う」という手紙を送ってきたことがある（注五）。今から考えると、彼も経済学が人間の感情や心理面が全く入らない学問に見えて何か割り切れないものを感じていたに違いない。それから数十年経って、ようやく行動経済学といった形で、これらの要素を考察する学問の流れが起こってきたのだなあと思うと、私も個人的な感慨に陥る。
ただ、私が二冊を読んだ限りでは、どちらかというと、これらの記述は、経済的例証は多く記述されているとはいえ、まだまだ人間の心理学的側面、いわば行動心理学というジャンルで考えた方がより適切で、これを経済学の体系的影響にまで結びつけるには、まだまだ先が長いだろうという感じがした。

注一、　彼と特に親しくなったのは、高校の修学旅行の時に、関西で自由行動の日が一日あり、私は彼の誘いに乗って、二人で奈良の建築物を見にあちらこちら巡った時である。彼は父上も建築家で、当時から建築に強い興味があって詳しかった。薬師寺、法隆寺、東大寺などを巡り、その都度、それらの建築物のさまざまなる特徴を説明してくれて、非常に楽しかった。

菅沼でテント
左より、馬場、添田君と私

白根山への登山
左より、馬場、藤本君と私

光徳牧場にて
左より、私、馬場、添田君

また、高校二年の夏休み、彼と、藤本浩文、馬場昭男君とともに四人でテントを担いで、日光白根山に登り、光徳牧場に降りて、美味しい牛乳などを飲み小川で鱒を釣って食べたりしてゆっくり滞在した。付近の太郎山頂上まで往復し、またその後男体山に登ったのも忘れられない思い出だった。

私が結婚問題で親とぶつかって二三歳の時に家出をした時は、当座、これも親友の馬場君の家に数日転がり込んだのだが、下宿が東上線の志木に見つかった後、彼は私の荷物、書籍などを代々木の自宅から彼の自動車で下宿まで運んでくれた。勘当された私に対して、その後双方の友達を呼んで婚約の場を設定してくれたり、後年、彼の紹介で中古自動車を初めて購入した時には、世田谷の店から帰りに助手席に乗ってくれ、練習だと言ってついには夜の銀座四丁目まで誘導してくれた。その晩は彼の勧めで彼の世田谷の家に泊まり翌朝早朝、車が少ないうちに和光市の自宅に帰ったことなどは、自著『心を燃やす時と眺める時』の中の、「自動車の運転経験」で書いた。

注二、　自著『気力のつづく限り』内、「経済学の自己流探索（自由経済と福祉社会）」

注三、　実は『行動経済学入門』の原題は「The Winner's Curse : Paradoxes and Anomalies of Economic Life」であって、直訳すれば「勝者の呪い　経済生活の逆説と反例」とでも言うのであろうか。後で『行動経済学の衝撃』を読んで知ったことだが、実際にはセイラーが全米経済学会誌（季刊）に一四回連載した論文集で、私は精読してないから断言はできないが、ザッと眺めてもおよそ一般人向けではない内容だと思われる。日本の出版界も売れなければ困るということで、題名を入門などとしたのだろうが、無理な苦労をしているなという感じである。

注四、　相田みつをについては、本著の第三章のうちの「ことばの力」で記述した。

注五、　彼については、自著『くつろぎながら　少し前へ！』内、「畏友　馬場昭男君に捧げる言葉」で彼の思い出を記述した。

第二章　社会を見て

豊かになった日本

日本は本当に豊かになった。

国土交通省観光庁の統計によれば、日本人の海外への旅行客はここのところ毎年増えて、二〇一六年は一七一二万人、二〇一七年は一七八九万人。また、それ以上に日本に来る外国人旅行客の増加は急であって、二〇一六年は二四〇四万人、二〇一七年には二八六九万人である。

またＪＴＢで、二〇一八年の夏休みに一泊以上の旅行客は前年比〇・一％増しで七七四三万人で、国内旅行は前年並み、海外に出かける旅行客は前年比四・一％増しという数字もあった。

七七四三万人というのは、国民の三人に二人は夏休みに旅行に出かけるということである。この時期はお盆休みで故郷帰りも多いだろう。

私が驚くのは、数字よりもその内容である。

私はテレビで知るばかりだが、国内九州で運行している「ななつ星」の豪華寝台列車は、一泊二日で一八万円から五二・五万円、三泊四日で一〇〇万円の費用がかかると言う。そしてこれが実に一六倍の競争率だと言う。また、「トワイライト瑞風」というのは山陰・山陽をめぐる豪華寝台列車でこれも似たようなものらしい。ＪＲ東日本では「四季島」という東北・北海道をめぐる旅で、三泊四日、最高額は九五万円だそうだ。そして八ヶ月先まで予約は埋まっているという。そういう人たちがこぞって豪華な旅行の楽しみを追っているというのは、私の理解を超えている。世界一周で一〇〇日近くの船旅クルーズなどという企画もたくさんの富裕な乗客を乗せているようだ。

また、サッカーの試合でワールドカップ予戦、本戦では大量のサポーターが海外に行く。こういう費用は誰が負担するのか、企業が一部でも負担しているのであろうか。すべて本人であるとすると、これまた大変贅沢なお金の使い方だなあと、つくづく思う。

また、国内でのイベントに泊まり込みでチケットを買おうとする若者たち、野球やサッカーの観客席での　女性の多さにも、国民が男女を問わず、スポーツ観戦を楽しんでいるのがよくわかる。

テレビを見ると、国内外を問わずの旅行、温泉、料理、観光の紹介、クイズ番組の氾濫であって、そういう意味で現在の日本は豊かさの飽満状態なのである。こういうことは、働いている間はあまり気がつかなかった。社会的な勤務から離れて、家にいてテレビを眺めやる時間が増えた最近になって気がついたことである。

また、休日や祝日の晴れた日に公園に行ってみると、子供連れの若夫婦や、恋人同士の二人連れ、車いすの老人とそれを動かしているその若い娘や息子と思われる人たち、子供たちはキャッキャッと言って叫びながら走り回っているなど、本当に平和をみんなが楽しんでいる。

「豊かさ」という言葉を考える時にいつも私が思い出すのは、経済学者の飯田経夫氏の三部作である。それは『「豊かさ」とは何か　―現代社会の視点―』、『「ゆとり」とは何か　―成熟社会を生きる―』、『「豊かさ」のあとに　―幸せとはなにか―』（いずれも講談社現代新書）で、一九八〇年代前半に、二年おきに出版された。私はこれらの本がとても時代の特徴を記述していて、冷静な分析が素晴らしいと思い、飯田氏の人格にも心を非常に打たれたので、自著『志気　人生・社会に向かう思索の読書を辿る』（丸善プラネット、二〇〇八年）で取り上げた。この頃は、日本は「一億総中流」とも言われ、国民の八割が自分は中流階級であると認識していたという時代で、その意味で飯田氏は、国の現状を多様な観点で述べ、日本は豊かになったと書いていた。そして、彼が専門として経済学を選んだのは、若い時に戦後の凄まじい貧困状態を見て、これをなんとかしようと考えたからで、これだけ豊かになった日本を見ると、飯田氏は、その時点でさえ、今専門を選ぶとすれば、絶対経済学は選ばないだろうと書いていた。

今もう一度、自分がまとめた文章を読んでみた。そして、その時一旦豊かになったと実感された日本がその後どうなったかを振り返ってみた。今の豊かさは当時の生活の比ではない。はるかに贅沢になっている。

あの時は、日本の貿易黒字が拡大したのだが、一九八五年のプラザ合意で強制的なドル高是正が行われ、内需拡大の政策が企業の不動産投資や外国資産の購入で、過剰に反応した結果、バブルがはじけ、日本は九〇年代に始まる長期的不況に陥った。投機マネー、ヘッジファンドという跳梁跋扈（ちょうりょうばっこ）もあった。そのうち、金融自由化とグローバリゼーションというアメリカの圧力で、日本の経済はマクロには長期低迷したのである。

しかし、その間にも、私には一般の人たちが極端に貧乏になったという印象はない。むしろ、その後の政府の政策で、貧富の差が拡がり、統計上も中間階層が少数の富裕な層と、多くの貧困な層に分極化していったということは多くの識者が指摘している。景気が回復せず、今も一向に生活はよくならない、といった声はテレビなどでもよく流される。インフレターゲット、物価の二％上昇という日銀の目標は、その金融緩和策にもかかわらず、消費者の買い控えで、一向に実現しない。多くの一般人の堅実な生活意識で、経済による不安定な社会風潮が起こるといったこともない。そうすると、一方で先述のような豊かな生活、娯楽をエンジョイしている映像をどう捉えたらいいのか、と考えてしまう。

多分、マスコミは不満な街の声ということで、そのような特集を組んだりするが、大部分の日本人は現在の生活にかなりなところ満足しているのではないかと思う。

それが、二〇一七年の衆議院選挙でも、自民党が過半数、公明党を含む与党勢力が、引き続き議席数の三分の二を超える支持となって現れているのであろう。

時により、痛ましい事件、家族間の暴力で夫が妻を殺し、息子が父を殺したといったことや一人住まいの若い女性が殺されたりと、殺人事件は後を絶たないが、日本は他の国に比べれば、極めて安全である。

インターネットで調べてみると、イギリスのエコノミスト紙が、世界の治安についての平和度指数ランキングを発表している。それによると、治安の良い国から順番に、一位がアイスランド、二位がデンマーク、三位がニュージーランド、以下オーストリア、スイスに次いで日本は第六位である。その後、フィンランド、ルクセンブルクと続き、日本以外はいずれも人口の少ない小国ばかりである。大国では、ドイツが一六位、イギリスが四六位、フランス五五位、アメリカは一〇一位である。

また犯罪率という別の統計もあった。ロンドンにあるレガタム研究所の発表では、良い方から列挙すると、一位シンガポール、二位ルクセンブルクで、三位はなんと日本である。四位アイスランド、以下デンマーク、ノルウェーで、七位にドイツが入っている。その後がスイス、オーストリア、スウェーデンとなっていた。シンガポールは人口五三〇万人、ルクセンブルクはわずか五四万人である。

国際情勢は、共産主義の中国、北朝鮮が隣国にある地勢学的な位置のため、ある種の緊張を免れ得ないが、国内の治安は安定している。

そんな日本の良さに目を向けず、日本のことが気にいらず、ここはダメだとネガティブな部分ばかりあげつらうのがマスコミである。それは更なる向上に向けての現状批判が彼らの生き甲斐であるから、職業的宿命かもしれないが、ともかくバランスを欠いている。

日本の良さは外観ばかりではない。和を尊ぶ精神やもてなしの心など、精神的に誇れるものはいくつもある。敗戦以来、西欧への劣等感から海外への憧れの時代を経て、今はむしろ、日本には彼らにない独自の精神文化があり、少なからずの外国人が日本に憧れを抱いている時代である。それが外国人の訪日者の急増に反映している。日本国民が日本の良さを十分に認識し、自信と誇りを持つべきだと思う。

一方で、私は前述のような日本人の様相をテレビで見ると、世の中が享楽的に成り過ぎているのではないかとも思うのである。いわば尚武とか剛健の気風といったものは、どんどん薄れ、日本人社会は何か現状肯定の平板な女性的社会になっているようで、危惧を感じたりする。多くの女性の表層的なところばかり気にする側面が、豊饒な社会になるに従って、過剰に露出といった風にも思う。もっともこれはテレビ界におけるだけの現象かもしれない。そこでは男女を問わずちやほやされることのみが生きがいだという人間が軽佻浮薄な企画に乗って大量に跋扈して時間を占領している。これらについては、前著『穏やかな意思で伸びやかに』の内の「巨大なテレビジョン文明の時代」でいろいろ述べたので、同じことを繰り返すことはしない。

しかし、現実の多くの一般女性は、実際は質実であり、それが政府の音頭にもかかわらず、先述のように消費の買い控えで物価の上昇が一向に起こらないことに見られているからだ。

ただ、政治でも、日本では、時により女性の防衛大臣の起用が行われている。今の小池百合子都知事もかつて防衛大臣だったし、もうやめた稲田朋美氏もそうである。政治家は誰でも大臣病であるので、大臣であれば何でももと思ってなったのだろうが、だいたい自衛隊の隊員が、女性大臣の号令で戦闘を開始するだろうか。その女性当人にとっても、そんなことは本性に反している。彼女らが自衛隊の閲兵式で、統合幕僚長と並列でまぶしそうにスカート姿で歩いていたりするのは実に噴飯ものであった。

日本は当分戦争に巻き込まれないと仮定しなければ、そんな人事はあり得ない、政府が日本は平和国家であることを宣伝したかったのか、実は人気取りのための女性登用策だったのだろうが、危機意識がないことの表れだと思う。女性の防衛大臣は所詮、お人形さんであって国防戦略を常日頃真剣に考えているような人はいない、実際は別の男がいざとなれば決定権を行使する、ということになっていたのだろうが、国際的にはみっともないことだと私は思っていた。戦争は男のやるものであって、英雄志向でそれによって名を挙げる男はいくらでもいるが、戦争で女性が得することは何もない。常に被害者であり、歴史的にも悲劇的存在であって、殺傷を伴う戦闘行為が好きでそれに邁進する女性はまずいないだろう。

私が、しょっちゅう出かけて西新宿の高層ビルデイングを眺め、都庁から新宿西口、東口から新宿三丁目まで続く地下街を歩く時、これだけ発展した構造物が、第二次世界大戦直後に私が見たように、一面の焼け野原となり戦禍によって灰塵に帰するということはなかなか想像しにくい。これは、オリンピックに向けての建設ラッシュでもある渋谷駅、東京駅近辺を歩く時も同様である。しかし、もし大規模な戦争が起これば、核弾頭ミサイル爆撃とか原爆、水爆の投下で、一瞬にこの大都会は崩壊するだろう。昨近の様相を見るといろいろなことを感じるが、何よりも第一にこの平和で豊かな生活がずっと続くことを切に願いたく思う。

ものごとの過去と未来

およそ、ものごとの過去を語るのはそれほど難しくないが、未来を語るということはとてもあやふやであって、その言質に責任の持てるようなものではない。場合によれば、その行為は敢えて危険をおかすようなものでもある。過去というのは、事実に対する綿密な調査、研究と分析をすれば、それなりにそれに対する考えをまとめることは可能である。よしんばその結果が多くの誤謬を含んでいたとしても、それはまた他の人によって正されていく。歴史の記述と解釈に対しては、夥しい累積があり、それが人間の文化遺産として残るのである。そして人類が築き上げてきた記述、文献のほとんどは過去に起こったことの記述と言っても過言でないであろう。

一時期、「未来学」と言う言葉がはやり、その名を冠した研究所、出版組織などが多く生まれたが、最近はそのような話をあまり聞かない。それは一つには未来についての予測というのが、たいがい当たらないという事実にあったと思われる。高度成長期にはよく正月記事で「今から一〇年後に起こりうること」というようなクイズめいた予測記事が新聞などに出たことがあったが、そのうち実現したのは一〇に対して一項目ないし二項目であった。

もちろん、その問題の性質によるので、自然科学あるいは技術の発達というのは、どちらかと言えば、予測しやすい方に属する。一九世紀に素晴らしい想像力を発揮したジュール・ヴェルヌは驚嘆すべき能力で作品を書いた。一八七〇年の『月世界へ行く』は、私が小学校の頃に見た月世界旅行のカラー映画であったのを覚えているが、これは一九六九年アメリカのアポロ計画で実現した。一八七〇年および七一年の『海底二万里』の潜水艦ノーチラス号は、二〇世紀後半に数多くの原子力潜水艦によって日常のこととなった。彼の予言・空想は実に一〇〇年前に行われていたのである。

これが、社会的な事柄では、もっと違った展開を見せる。なぜなら、こういう事柄では客観的真理というものは、たいていの場合存在しないからである。選択肢がいくつかある時にするべきことは、この中から選ばなければならない。任意性の決断である。カントの『永久平和の為に』で書かれた「常備軍は、時とともに全廃されなければならない」というのは将来への希望であり、予言ではないにしても、現在全く無視されている。それどころか、「核兵器による緊張こそが全面戦争に至らない重要な手段である」という認識は全世界で現実主義者によって共通認識となっているのである。またマルクスの資本主義に対する分析は非常に鋭かったが、その資本主義の将来に対する予測は全く当たらなかったし、プロレタリア独裁に対する夢はとんでもない幻想であることがはっきりしている。

このように政治・経済に関するような社会的な事柄だと、その望むべき希望に対してほとんど実現したものがなかった。ましてや風俗の変化などは予測するすべさえないといってもよい。全く偶発的に流行するのである。

そして過去についての事象を考えると、その結果が出た後で、いわゆる「後付けの知恵」というものがいくらでも出てくる。人の行動などで、ああすればよかった、こうすべきであった、と人々は喧しく批判する。多くの評論家というのはそれが、あたかも自分の頭の良さを示すための虚栄心からなのか、それで商売をしているような人種ともいってよい。

これは例えば、東日本大震災の時などにも見られた。多くの批評家が「あれは人災である」と盛んに言っていて、原子力界は注意を怠っていた、貞観地震の前例があるのに、それを指摘していた報告が東京電力の内部であったのに、それを上部が無視したとか、情報網の制度化が全くできていなかったとか、私から見れば、自分がその立場であったらどう行動したか、どうできたであろうか、ということを少しは考えたらどうか、と思ったりしたことがしばしばあった。日下公人氏が言うように、無能な人間ほど、自分では方策が見つからないからだが、人の責任を追及するのに血道をあげる（注一）。

私は、こういうことを考える時、いつも石橋湛山が、後の三井財閥の総帥、池田成彬から聞いた話を思い出す。池田がまだ若い時、アメリカから帰って三井銀行に入る前、福沢の主宰する「時事新報」の論説記者になった時、日本の外交、朝鮮問題で激烈な強硬論を書いて出すと、福沢諭吉に「貴様が外務大臣になったらそれをできるのか」と大喝されて、引き下がったという（小島直記著『異端の言説』、新潮社、一九七八年）。湛山は東洋経済新報の社員総会で、政界に出る決意の挨拶でこの話をした。それまでも、彼はいつも当事者の身になって考えたからこそ、彼の言説は説得力を持ったのである。

他人に対する批判というのはいつも、自分だったらどうする、という覚悟でするべきであろう。私はそういう観点から考えたら、世の中の評論家、ジャーナリスト、テレビ知識文化人はほとんどが落第だと思っている。彼らの発言は「後付けの知恵」で満ち溢れ、気楽な観客気分で批判しているからである。

しかし、彼らが存在価値がないとは全く思っていない。その人たちがいるお陰で我々現場には居ない人間が事態を多少なりとも理解することができるのだから。そしてそういうマスコミ向けの言論で、総合雑誌、週刊誌、テレビ放送は、成立しているわけである。

この度、私は、『二〇五〇年の世界　英「エコノミスト」誌は予測する』（船橋洋一解説、東江一紀・峯村利哉訳、文藝春秋、二〇一二年）を読んだ。本文四〇八ページは二〇章に分かれ、各章がそれぞれ別の筆者によって書かれている。第一部「人間とその相互関係」では人口、病気、ソーシャル・ネットワークなど、第二部「環境、信仰、政府」では、宗教、戦争、高齢化社会など、第三部「経済とビジネス」では、グローバリゼーション、貧富の格差、景気循環、第四部「知識と科学」では、次なる科学、情報技術、そして最後に「予言はなぜ当たらないのか」という章で終わっている。それぞれの筆者は「エコノミスト」の分野ごとの編集者、記事担当記者、あるいはかつて社で活躍し、今は社外にいる寄稿者などである。

まあ、かなり主題は全般に亘っているので、面白いかなと思ったのであるが、内容は玉石混淆であった。ある項目では、もっともなことが書いてあるのだが、ちょっと考えれば当たり前のことばかり、非常に広範に考えているのだが、あらゆる可能性を列挙していればいるほど、内容は平板になっていく。

科学技術の見通しについては、私が感じることに近い。次の科学のフロンティアは、物理、化学ではなく生物学であるとか、ナノ科学、情報科学が発展するだろうとか、コンピューターの情報量、情報処理能力は指数関数的に大きくなっているが、まだ人間の処理能力にははるかに及んでいないとか、物理学では未知の探索で残された大きななぞは暗黒物質であるといった類である（注二）。また、地球温暖化については、従来の二酸化炭素説に基づいて書いてある。このことについては、私は数年前に『心を燃やす時と眺める時』において「異常な気象なのか」で述べ、それは多分に疑問であることを科学的に詳しく述べた。その他、社会的なことでも、例えば、世界の人口はやがて九〇億に達し、出生率の低下で成長は止まり、先進国はのきなみ高齢者社会になるとか、フェイスブックのようなネットワークがすみずみまで行き渡るとか、そういうことは言われてもそれはそうだろうと思うしかない。当たり前のことしか書いてないと、彼は頭が悪いなあと思ったりする。筆者たちの質実な姿勢はわかるのだが、全くインパクトが感じられないので、つまらない。歩きながら考えるというイギリス人の態度の典型的な章かなと思ったりする。これみよがしのケレン味がないのは結構だが、エスプリを全く感じないので退屈という章も多い。

一方、G7、先進七ヶ国（アメリカ、イギリス、ドイツ、フランス、日本、イタリア、カナダ）のうち二〇五〇年に残るのはアメリカだけ（注三）と言われると、そうかなあ、そんなことは考えられないと思う。こちらも身勝手であるが、政治的な問題は客観的データとは、また違った歴史上の問題が幅を利かす。国連の安保理常任理事国はいまだに、七〇年前の戦勝国で占められているのである。

「貧富の格差は収斂していく」という章もある。今は先進国でどんどん貧富の格差が大きくなっているのが問題であるという問題意識が普通なのだが、これは何だろう。

数年前に大評判になったと言うので、私も読んだ本が、フランス人の経済学者、トマ・ピケティ著『二一世紀の資本』（山形浩生・守岡桜・森本正史訳、みすず書房、二〇一四年）であった。この本は六〇〇ページを超える大著であったが、膨大な資料からデータ整理をしたなかなか新しい観点で書かれた本であった。今までの経済の本でこういう観点から書かれた本を読んだことがなかったので私にとっては非常に新鮮であった。

二〇ヶ国、過去から現在まで二〇〇〇年から三〇〇〇年に亘る膨大なデータを（たぶん、国によってその正確さの程度はまちまちではあろうが）整理したトレンドグラフを提示して、その経過を比較的淡々と論じた本だが、欧米で数百万部売れたという。

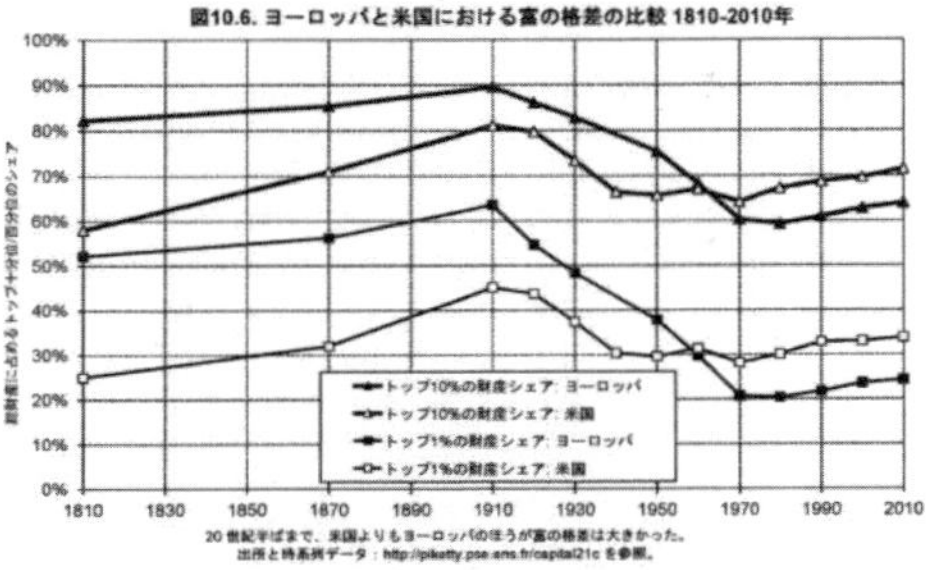

ヨーロッパとアメリカの富の格差

特に記憶に残ったグラフは、上記のもので、過去はともかくとして、現在アメリカでは富者の上位一〇%の人の財産が国民の全財産の七〇%を占め、上位一%の人がその内の半分近くを占めているという事実であった。また、ヨーロッパでもそれぞれは六三%、二四%を占めている。そしてそれは双方とも上昇しつつあるのである。また、資本収益率の方が労働収益率よりずっと高く、経済成長率より常に高いとか、この本にはたくさんのトレンドグラフが載っていて、なかなか興味深かった。

これを将来正すにはどうすればよいか。ピケティは、具体的には所得に対する、そして相続に対する累進課税率を増すということくらいしか書いていないが、それは、欧米では前者の最高税率は各国で五〇%前後、後者で四〇%前後である。しかし、アメリカの相続税というのは調べてみると五四三万ドル（約六億円）以上という途方もない財産に対してで、それ以下だと相続税はなしということらしいので、一般人にとってはほとんど意味はないように思われる。

元の書に戻ると、ここで貧富の格差が収斂するだろうというのは、富裕国と貧困国との格差のことである。貧困国の経済発展に伴い、経済成長が停滞あるいは小幅の成長しか望みえない先進国に対して、まだまだ成長の余地が多大である貧困国ないし発展途上国、特にアジア・アフリカ諸国の成長が予期されるということである。著者は一方では、同一国内での貧富は拡大しつつあるのを危惧している。これの原因として、著者はトップ層の収入がグローバル化による市場の拡大による増加、金融業の異常とも言える肥大化を挙げている。これはピケティの書と同じである。

その他、核保有国は増えていくであろう、無人機による戦争、ロボット化が常態化するだろうというような予想もある。先進国では高齢化による国家財政の負担の増大に苦しむ、とか、世界の半分がアジア経済になるという予想もある。

最後の「予言はなぜ当たらないのか」という章はユニークで一番面白かったし、正鵠を射ている感がした。初めに過去に予測された非常に多くの当たらなかった予言が列挙されている。それらはすべて悲観的予言である。特に四〇年前、一九七〇年代以降のそれらは、人口爆発で食糧が足りなくなるとか、農薬による癌の異常発生、エボラウィルスなどのウィルスの世界的流行の可能性、サハラ砂漠が広がりつつあり、酸性雨が森林を破壊する、石油とガスは枯渇し、他の金属資源、天然資源も同様、狂牛病による死亡者の増加、遺伝子組み換え作物が生態系を荒らし、温暖化で海水面が上昇し、都市の汚染が進むなどなどの予言である。これらに関する著名人、国連事務総長や経済学者、生態学者、アメリカ副大統領だったアル・ゴアの発言も載っている。

しかし、これらはすべて間違っていた。著者はそういう嘆き節で、圧力団体や補助金交付法人の業界が資金を得続けている、こういう「世界終末論業界」の能力、すなわち、自らの誤りに知らん顔を決め込む能力が今後も維持されるということこそ、確信を持って予言してもよさそうだ、と痛烈に皮肉っている。

それでは、こういう凶運の予言がなぜ続くのか、著者は単純な理由が二つあると言う。一つ目は、悪い話は良い話よりもずっとニュースになるということ、新たな恐怖は話題にのぼり、穏当な声はそれにかき消される。二つ目は恐怖の筋書きは、どれも人が何も対策をとらないことを前提にしている。実際は、それに対して、さまざまの対策がとられて、そのような事態は起こらない。

著者の皮肉を真似すれば、そういう予言が警告として役立ったのだから、我々の悲観的予言は、いいことだったのだ、と当事者は開き直るかもしれない。彼らはただ言うだけで、本当に技術革新などで努力するのは別の人たちであり、その人たちの必死の努力でことに至らないのである。何事も言うだけなら簡単、安易である。

著者は、最後に二〇五〇年に対し、楽観的な予言を述べたいとし、二〇五〇年には広範囲に亘る環境復興の時代になるだろうと言っている。

私は、もう一冊、『シフト二〇三五年、米国最高情報機関が予測する驚愕の未来』(マシュー・バロウズ著、藤原朝子訳、ダイヤモンド社、二〇一五年)を読んだ。著者はケンブリッジ大学などで学びヨーロッパ史で博士号を得て、一九八六年にアメリカ中央情報局(ＣＩＡ)に入っている。その後、アメリカのＮＩＣ(国家情報会議)に、二〇〇三年から加わり、一〇年間勤め、元分析・報告部部長であった人である。二〇一三年秋まで、二八年間、国際情報アナリストとして、時の政府、大統領にも情勢報告するという仕事に携わった。現在は、シンクタンク「アトランティック・カウンシル」の戦略部長として企業向けの報告書を作成する業務をしているという。

ＮＩＣの報告書は大部分が機密文書で非公開だが、四年ごとに作成する『グローバル・トレンド』は政府に提出され一般公開され世界七ヶ国語に翻訳されているそうで、この本はそれを基としていると書かれている。彼は直近の二版である『グローバル・トレンド二〇二五』（二〇〇八年発行）、と『グローバル・トレンド二〇三〇』（二〇一二年発行）で主筆を務めたとある。これは、前著のジャーナリストたちによるものと違って、直接政府の方針に対する意見を政権内部で述べる立場であった人のものであり、責任の重い判断を要求されてきた人の文章といえる。

序章「分裂する『二一世紀』の世界」に続き、第一部「メガトレンド」は「「個人」へのパワーシフト」、「台頭する新興国と多極化する世界」、「人類は神を越えるのか」、「人口爆発と気候変動」に分かれ、第二部「ゲーム・チェンジャー」は「もし中国の『成長』が止まったら」、「テクノロジーの進歩が人類の制御を越える」、「第三次世界大戦を誘発するいくつかの不安要因」、「さまようアメリカ」に分かれている。第三部「二〇三五年の世界」は、フィクションで、未来の小説仕立てであって、特に述べるほどのことはなかった。

著者は、序章で、政府関係者が「冷戦時代の方がずっと楽だった。誰が敵かはっきりしていた」とつぶやく姿を何度見たことだろうと書く。現在は今までと全く異なる構造変化が起きている。未来に影響を与えそうなトレンドをすべて分析し、複数のシナリオを作成する。ＮＩＣの報告書でないから、アメリカが強力なリーダーシップを発揮しなければ、どんなリスクが生じるかをストレートに表現できると、常にアメリカの取るべき立場を中心に考えている。

彼は『グローバル・トレンド二〇二五』を書く時、アメリカと世界五ヶ国を訪問し、『グローバル・トレンド二〇三〇』の時は二〇ヶ国を訪問して、いろいろな人たちに話を聞き、情勢の把握に努めたとのことである。彼は個人のエンパワメント（自ら物事を決定し、その力を活用すること）は素晴らしいことだと確信しているのだが、一方でそれを警戒している声があちらこちらで聞こえたということを述べている。特に国家という組織に対してそれを解体する方向に働くという危惧も感じている人たちが少なからずいることに気がついた。

彼はエンパワメントのもっとも明らかなのは、経済的な豊かさだという。それは世界的に見た中間層の拡大に表れていて、二〇三〇年には世界の人口の過半数が中間層になるという報告書もあるらしい。特にアジアで急速に増え、中国は二〇二〇年にはアメリカを抜き最大の中間層市場になり、次の一〇年ではその中国をインドが抜くかもしれないという。この中間層の定義（注四）は幅があるが、現在は二〇億人程度で、二〇三〇年にはEUの見積もりでは四〇億人以上が中間層になるという。

このような記述を読んでも、私は全くピンとこなかったが、どうも我々は現在の格差拡大など、世界の先進国、上層部の問題ばかりに気をとられているのだが、世界全体を見れば、第二次世界大戦後七〇年を過ぎ、科学技術のもたらす豊かさは人々の生活を非常に豊かにしたというのがグローバルな事実だということだろう。

しかし、彼はそれでも世界から貧困は消えないだろうと言う。東アジア、中国の貧困人口は大幅に減ってきた。南アジアも中東も極貧人口は急減すると見られているが、サハラ以南のアフリカの極貧レベルは南アジアの極貧レベルよりもはるかに深刻だと述べている。

保健問題、教育問題、民主化問題などいろいろ書いているが、どれも特にインパクトを感じるほどの内容ではなかった。彼も、中間層の台頭ということを言うと、アメリカでも西欧でも信じられない、むしろ中間層は消滅するか縮小しつつあると懸念していたと述べている。実際、西側の中間層は所得の伸びが頭打ちであり、発展途上国の中間層の拡大で彼らは影が薄くなるだろうとも書いている。

ただ、私は「個人へのパワー・シフト」という観点は、現在の世界の変革の象徴的言葉かもしれないと思った。言うまでもなく情報革命、ＩＴの発達などによって、知識の共有が可能になり、多くの国民が現状を知ることによって、さまざまの声が巷に溢れ、インターネット、ＮＧＯ、多国籍企業が入り乱れ、いろいろな活動がすぐにグローバル化された世界に伝搬し、国家に対する批判、不満も増殖し、時の政府にとっては、国民を管理することはますます難しくなっていることは事実である。

確かに現在、世界は多極化していると言えるであろう。もっともそれは、著者がアメリカという世界の警察官でもあり続けた最上層国の管理の一端を担い続けた立場からの意識でもあって、発展途上国から見れば、まだまだ強国に支配された不平等の世界であるというのは、共通の意識であろうとも思われる。

著者は、二〇三〇年代の非「西側」へのシフトとして、前著と同じく、中国、インド、ブラジル、その他いくつかの中南米諸国などを挙げ、ヨーロッパは衰退し、ドイツはイギリス、フランスより早く没落する。それは一様に高齢化をかかえるが、イギリス、フランスは移民政策でそれを凌ぐだろうからというのである。日本は「過去」の国となるとも言っている。それは人口減少、移民政策に対する消極性などから、労働人口は不足し……という具合である。しかし、私はこの予想は全く当たらないと思っている。彼は日本に関してはこの箇所くらいでしか述べていないのであまり調査も勉強もしてないようだ。

人口爆発、気候変動、水の供給、食料事情などは、いずれもアフリカのサハラ以南の国で深刻な問題となる可能性があり、大規模な農業改革が必要という。一方、アメリカがシェールガス・オイルの開発によって石油の輸出国となり、これらの影響が湾岸諸国の産油国に及ぼす影響も大きいと予想している。

第二部の副題は「世界を変えうる四つの波乱要因」となっている。それが先述した四つの項目である。最初の中国問題については、中国が経済の高い成長率で世界を引っ張ってきたこと、それが近年鈍化してきたこと、急速な高齢化社会に向かっていること、社会での汚職、腐敗が蔓延していること、イノベーションがないことなど、いずれも既に多くのことが他の人たちによって述べられているし、私も以前自著『くつろぎながら、少し前へ!』の中で「中国といかに向き合うべきか」でより詳しく述べたので、ここでは省くが、彼の今後への見通しだけ触れておく。中国は東シナ海、南シナ海で領有権問題で周辺国と問題を起こしているが、それが周辺国の一層のアメリカへの接近、依存に結びついていること、経済の上昇が国民の民主化要求にも結びつき、当分、中国政府は国際問題よりも国内の安定化に専心せざるを得ないだろうというのが彼の見通しだ。

著者は、産業革命を三つの変化に分け、一八世紀の蒸気機関の実用化に始まる変化を第一次、二〇世紀初めの近代的組み立てラインの発明が引き起こした変化を第二次、そして現在のＩＴによる物作りの変化を第三次と分けている。テクノロジーの進歩、普及はそのスピードがますます早くなり、例えばＩ

ＢＭの研究拠点は全世界に拡がり、かつての大英帝国のように日の沈むことがない、と書いている。ロボット工学、自動運転車、合成生物学、生物兵器、殺人ロボットなどいろいろ述べているが、特に彼は３Ｄプリンティング（注五）について、それがもたらす衝撃的な変化を予想しているが、私はあと一つそんなに大きいことだろうか、という気がした。こういうテクノロジーの変化は、それをとりまく環境、システムが如何に対応するかが重要と指摘している。

ヨーロッパの国同士が戦争をすることはあり得ない、第二次世界大戦以来の七〇年間は過去五〇〇年間でもっとも平和な時代で、大戦争が起こっていないと言っているが、朝鮮戦争、ベトナム戦争をどう思っているのか、そこの国民にとっては大変なことであったのに、またアメリカは本土では全く戦争はないが、世界各地で継続的に戦争を行ってきた唯一の国なのにと、著者の感覚を疑う記述もある。

新たな戦争の不安要因として、中東、南アジアを挙げ、シリア内戦は終わりがない、たいていの内戦は六年程度で終結するが、何年続くかわからない。これからの一五年から二〇年は、非国家組織のテロとサイバー攻撃による脅威の時代になる。アメリカはシェールガスのお陰で中東の紛争に興味を失いつつあるともいう。

第二部の最後の章「さまようアメリカ」と、終章の「新たな世界は目前に迫っている」では、共にアメリカが世界に対して今後どのような進路をとるべきか、という可能性に関してさまざまな考察を行っている。それは、外向きの姿勢と内向きの姿勢、超強一国体制から多極化を示す世界に、はたしてアメリカがどう対処するか、ということである。世界経済の行く末はアメリカ次第と書かれているかと思うと、内向きで弱々しいアメリカという記述もあり、一筋縄ではない。中でも、彼が最大の問題と思うのは、学力の低下だという。アメリカの子供たちの学力は第二次世界大戦後はトップクラスだったのだが、現在は発展途上国を含む六五ヶ国中、数学が三一位、理科は二三位で、アメリカの教育の強みは、この三〇年で半減したと書いている。日本も同様な問題が常にニュースになっている。

終章の劈頭には、「アメリカは未来に向けた準備ができていない—私はそう思っている」という文章で始まっているほどである。それは、二〇一七年、大統領が民主党から共和党へ、オバマからトランプに変わった時点で如実に表れた。この本は、それ以前の出版なので、ＴＰＰとかＴＴＩＰ（注六）に対する希望の観点で書かれているが、アメリカは、トランプに変わり、ＴＰＰからの脱退、環境に関するパリ協定からも離脱を決定し、いわばモンロー主義的外交に変わっている。国内では社会保障制度、医療保険制度の後退が明言されている。著者は移民がアメリカの活力のもとであるとも言っているが、トランプはプアホワイトを支持基盤にもしていて、彼の方針は正に逆である。

著者は撤退するアメリカと表現をしているが、一方世界の紛争で、アメリカが関与しなくなることは考えられないし、世界は依然としてアメリカをあてにしていることは間違いない。例えば北朝鮮の核開発、ミサイル開発に対しては、日本は全くアメリカ頼みであり、これは世界中が同様であろう。

総じて、この本は正にアメリカ人が書いた本で、いわば上からの目線で世界を眺めたもので、こんなところが典型的なアメリカ上層部の感覚かなあ、との思いで読み終わった。

久しぶりで二冊の「未来予測」本を読んだのであるが、まあまあ、こんなところか、という落ち着きを得た気分になった。こういう本は、とりたてて新しい観点はそう多くないのだが、現時点を確認する意味では、物の見方、問題の整理の仕方、世界の状況の把握など、自らの平衡感覚のありどころを涵養するのに、非常に意味があったという気がしている。そして、これからの「世界の将来は？」という時に、なにがしかの拠り所、知識を僅かなりとも得たとも言える。しかし、それはあくまでも未来に関しての可能性の話であり、どうなるかわからない。要は、人間の行動はこれからどう動くか、さまざまの要素が複雑にからみ合い、誰も予測できないのではなかろうか、というのが、現在の私の気持である。

注一、　日下公人著『どんどん変わる日本』（ＰＨＰ研究所、一九九八年）で述べている。この本を私は自著『志気　人生・社会に向かう思索の読書を辿る』（二〇〇八年、丸善プラネット）でやや詳しく取り上げた。

注二、　人間の能力と、コンピューターの比較は、自著『いつまでも青春』内、「心と脳科学の進展」で述べ、暗黒物質については、『坂道を登るが如く』内、「暗黒物質と暗黒エネルギー」で詳述した。

注三、　著者によれば、現在の成長速度から、二〇五〇年のＧ７は、アメリカ以外、いわゆるＢＲＩＣｓを中心とした、中国、インド、ブラジル、ロシア、インドネシア、メキシコだと予想している。

注四、　「インターナショナル・フューチャーズ」モデルでは、一日の世帯支出が一〇ドルから五〇ドル（購買力平価ベース）と定義、ゴールドマン・サックスは、一人当たり国内総生産（ＧＤＰ）年間六〇〇〇ドルから三万ドルとしているそうである。

注五、　特定の素材でモノの断面形状を一層ずつ重ねていくことによって造形する技術。既に自動車や航空などの製造業でプラスティック模型を作るのに用いられ、今後従来型の大量生産に代わる方法となるであろうと述べられている。

注六、　ＴＰＰは環太平洋連携協定(Trans-Pacific Partnership)であるが、ＴＴＩＰは環大西洋貿易投資協定(Transatlantic Trade and Investment Partnership)であって、アメリカとＥＵとの間の協定締結を目指して、二〇〇七年から始まっている。ともに関税障壁の縮小が主たる目的であるが、ＴＰＰはアメリカが二〇一七年に脱退、一一ヶ国で行われ、ＴＴＩＰは各国の足並みが揃っておらず、交渉は進んでいない。

トヨタ自動車のこと

数年前から、日本有数の電機会社、東芝が以前に買い取ったアメリカのウェスティング会社の原子力関係の子会社の経営破綻により、東芝の危機ということで問題となっている。自動車業界でも、過去に日産自動車、富士重工業（現ＳＵＢＡＲＵ）、マツダ、本田技研工業、いすゞ自動車などの中には経営危機があったりして苦難に喘いだものもあった。彼らはそれぞれ異なる対処でこの苦難を乗り切っている。三菱自動車工業は度重なるリコール問題などで経営危機に陥り、二〇一六年に日産・ルノーと資本提携をした。そして、二〇一八年一一月には、日産を一時は経営危機から救ったカルロス・ゴーン会長が逮捕されるに至った。

一方、トヨタは、これらの会社と異なって、それぞれ景気、不景気の波、輸出の増減はあるものの、一見して常に安定したトップの座が揺らいだことはないように思われる。勿論トヨタにも、二〇〇九年から一〇年、大量のリコール車を出し、社長の豊田章男氏は世界を駆け巡って謝罪と説明におおわらわということもあった（注一）。しかし、その誠実な対応で信頼を取り戻した。この差はどこから来るのか、トヨタの経営はどうなっているのか、興味があって、この会社のそもそもの成り立ちから現在までの推移をいくばくか記述している本を読んでみた。調べてみるとトヨタの従業員数は日本最大である（注二）。

一冊は『カイゼン魂 トヨタを創った男 豊田喜一郎』（野口 均著、ワック、二〇一六年）である。言うまでもなくトヨタの最初の有名人は、子供の頃私も読んだ偉人伝にあった自動織機の発明者、豊田佐吉である。すなわち自動車ではなく、織物の機械の発明者である。トヨタ自動車の初代社長は豊田利三郎で二代目社長が喜一郎であるが、私はこの両者についてのことは何も知らなかった。トヨタの同族経営は、一時期それ以外の社長の時期もあったが、めんめんと続き現在の一一代社長、豊田章男は喜一郎の孫である（注三）。

この本では、佐吉の数々の苦難、発明気違いとも思われるその生涯を最初に記述しているが、この時から、トヨタの刻苦精励の精神は、実は二宮尊徳から発していることが書かれている。それは、佐吉の父、伊吉は熱心な日蓮宗の信者であるとともに、二宮尊徳の教えを実践する報徳教の信者でもあったことによる。

二宮尊徳（金次郎）は一七八七年相模国足柄の裕福な農家の長男に生まれたが、幼少の時、酒匂川の洪水で農地が流出して困窮、一四歳の時父が病死、一六歳の時母が死亡している。勉強好きの金次郎が、薪を背負って本を読む姿は有名で、各地にその銅像が作られている。昔から国民的教育の手本となったようである。勤勉な彼は、親戚に預けられたが懸命に働き、二〇歳の時に、廃屋になっていた生家に戻ると、田畑を復旧し、生家を再興した。その後、彼の才覚が認められ、小田原藩の家老の家の財政を立て直し、次第にあちらこちらの藩から依頼され、晩年は幕府から日光東照宮の領地の再建をも依頼されたという。考えてみれば、私が子供の頃、二宮尊徳は一円のお札の肖像画でもあった。また、家にもたまたま二宮尊徳の小さな像がある。

わが家の二宮尊徳像

このような精神が代々、豊田家の精神の骨格をなしていたと想像すると、なんとなくトヨタの堅実な経営というものにつながっているのではないかと考えられる。

さて、この本の主人公である喜一郎は明治二七年（一八九四年）に佐吉とたみの長男として生まれたのであるが、生まれてすぐ祖父母に預けられた。それは伊吉に農業をやれと言われたのに佐吉が機械に熱中し、結婚した後ついには親から逃げ出し、嫁のたみは子を身ごもっていたのに豊田家に残されたのである。家にいつかぬ夫に失望したたみは、二ヶ月の喜一郎を残して実家に戻ってしまう。やがて佐吉は同じ村の一〇歳年下の浅子と再婚し、三歳になった喜一郎を名古屋に呼び寄せ三人の生活を始めたという。浅子は気丈な女性で、発明に夢中になる佐吉に代わって、工場の経営に精を出したとある。また浅子は喜一郎にとって妹である愛子を産んだ人でもある。佐吉は自分は小学校しか出ていないので、喜一郎は中学までいけば十分と手許におき自ら鍛えようとしたが、浅子が進学させようと思い、義弟に説得の助力を求め、大正三年（一九一四年）仙台の第二高等学校に入学した。

やがて彼は東京帝国大学機械工学科に進んだ（大正九年（一九二〇年）に卒業）。この頃、彼は父の

２４歳頃の喜一郎氏

織機の製作を助け、やがては当然その後継者になるべく考えていたようである。ところが、佐吉が会社の経営を誰かに任そうと思っているところへ、以前、資金の提供を受けたこともあり、当時は三井物産名古屋支店長であった児玉一造という信頼する友人からその弟の児玉利三郎を紹介され、また利三郎が愛子をいっぺんに好きになり、彼は佐吉の婿養子になった。

利三郎は神戸高商から東京高商専攻部（現一橋大学）を卒業し伊藤忠に就職していた。利三郎は喜一郎より一〇歳年上であった。長男がいるにもかかわらず、妹に婿養子をとり、その婿に経営を任せると言われた時、喜一郎は一時は複雑な気持ちになったかもしれない。しかし、技術系の喜一郎と営業系の利三郎は、以後豊田織機そしてトヨタ自動車の興隆に絶妙なコンビとなり、後年のトヨタ王国の基礎を築いていく。利三郎は社交的で、仕事に取り組む姿勢は積極果敢で、労を厭わず飛びまわる仕事師で、特に海外市場の開拓に熱心で中国、東南アジア、インドまで出掛けて販路を拡大したという。喜一郎は大正一〇年、東京から名古屋に移り豊田紡職に入社する。その年に、利三郎夫妻と喜一郎はアメリカに向かい、ヨーロッパにも行き約半年を共に過ごした。

欧米旅行中、右二人目より
利三郎、愛子、喜一郎

イギリスでは、喜一郎は利三郎とは別行動をとり、マンチェスター近郊にある繊維関係の機械製造では世界トップのプラット社を訪ね、一ヶ月近くを見学に過ごした。この時の実習ノートが残っていて、それによると、職工と同じく朝八時半に出勤、五時まで各部署を見学、細かく観察結果を書きとめているという。機械組み立ての手順、部品置き場のレイアウトまで書き、機械製造技術全般に対する知識を熱心に学ぼうとした跡が読み取れるという。

この旅行で、利三郎と喜一郎は親密さを増したが、帰国後の職場では、いわゆる技術屋が喜一郎を寄せ付けず、なかなか技術を学ぶ雰囲気ではなかったらしい。おうおうにしてよくある技術屋の秘伝を他人に話さないで誇りを保持するという狭い了見である。しかし、これも喜一郎の能力が徐々に浸透し、一目置かれるようになった。それまで佐吉は経営がうまくいかず自分の作った豊田式織機という会社から退職せざるをえなくなり、その会社の特許権をめぐる争いなどもあったのだが、喜一郎が入社して、大正一四年、数々の機械の改良が進みついに無停止の豊田自動織機が完成しその年に年間一二〇三台を生産した。そして完全に自己資本による新会社「株式会社豊田自動織機製作所」が愛知県刈谷町に設立され、社長に利三郎、常務に喜一郎の布陣となり佐吉は相談役となっている。著者は、この会社が、今日のトヨタ自動車の母体となったと述べている。彼らは、業界の人々を刈谷工場に招致し、人々はそこで、自動織機五二〇台が並んでいるのを見たがそれを女工がたった二〇人で管理しているのに驚嘆した。それまで、その台数の織機は一五〇人くらいの女工が管理していたのである。

そして、なんと、営業開始第一期では四〇〇〇台の注文が入り、第二期にも二〇〇〇台の注文となったという。注目すべきは、装置だけでなく利三郎、喜一郎が打ち出した二つの新方針である。一つは「工務員の心得」の制定であった。それは、「正直に働いて幸福の天地を作れ、休み時間の他には一分間も休む時間はない。だらしない風は絶対の禁物なり。夜更かしと大酒は慎まねばならぬ……」など八項目にわたり、著者は全体的に整理整頓と正直とコツコツ地道の三点をやかましく言っている感じで、現在のトヨタの社風に通じていると述べている。もう一つは養成工の育成で、高等小学校卒業者を試験で選抜し、技能教育を施すという自前の技術者養成に乗り出したことである。また、この時点で、他企業の労働争議の頻発を見て、社員の持ち株制度を定め労働者にして資本家であるということで融和を目指す、これも二宮尊徳の報徳主義から来ていると著者は書いている。

そして、喜一郎はアメリカやイギリスにも売り込んで、昭和四年（一九二九年）には、かつての王者プラット社と現地で、特許譲渡の契約を一〇万ポンド（当時の一〇〇万円）で行った。このように豊田自動織機製作所は世界を制覇する勢いであった。

しかし一方、現地での喜一郎はまた別の印象をも持ったのである。それは七年前のプラット社に比べての当社の急激な没落であった。事実、イギリスのコットン産業は衰亡して、プラット社のライセンス生産の自動織機も四〇台で打ち止めになったという。彼は繊維機械メーカーの将来性に危惧を覚え、これが自動車への進出の契機になったのではないかと著者は推測している。さらに彼は二ヶ月間ヨーロッパの各地を巡り、アメリカへの出発以来七ヶ月にも及ぶ大視察旅行を経て昭和五年四月に日本に戻った。帰国後すぐに、彼は豊田自動織機製作所機械工場の一隅に研究室を設け、数人の同調者と小型エンジンの研究を始めた。最初はスミスモーターという自転車に取り付けるような小さなエンジンを分解し、図面を作成。それにより部品を鋳造し、切削して組み立てるのである。そのうち電気炉を購入し、製鋼所も作った。もっとも慎重な彼は周囲には道楽と称して、自動車の「じ」の字も口に出さなかったという。第一号の小型エンジンは昭和六年七月に完成し、自転車に搭載して構内を走ったとある。

日本の自動車産業の初期はどうだったのか。実はこれは大正一二年の関東大震災が大きな転機となった。市電など公共交通が全く機能しなかったので、この時期、どっと自動車の需要が増した。これに気づいたアメリカのフォードは大正一四年横浜に日本フォード社を設立、昭和二年にはGMも日本ゼネラルモーターース社を大阪に設立した。一方、国内生産の方は、それまで僅かにあった会社（注四）の多くがこの外国からの進出で撤退したという。商工省は慌てて国産自動車工業確立のために動き始める。鉄道省も同調した。この頃、名古屋市長の発案で「中京デトロイト化計画」というものがあった。これは中京地区をデトロイトのような一大自動車産業の地にしようというもので、当時、自動車に関心のあった数社に呼びかけ、その中には、佐吉が追い出された豊田式織機も含まれていた。そこでエンジンの試作が成功していたからだという。しかし、特許権でも長年争った豊田式織機と共に働くことは喜一郎としてもできないので、彼は独自に準備研究をしたらしい。昭和八年の秋、工場の一角で大きな塀に囲まれた研究室に、夕方GMのシボレーに乗った喜一郎が入り、それ以後、夜になると、研究室のメンバーが集まり、その車を徹底的に研究した。利三郎は当初、これらに反対だったが、織機の売れ行きもよく、政府の国産車育成方針もあって資金を出すことにも賛成した。

軍部も輸送手段の確保の目的でこれを後押しした。昭和六年の満州事変の勃発がこれに拍車をかけた。自動車の製造開発に向けての利三郎の同意を得てからの喜一郎の奮闘ぶりは凄まじい。それまで彼と共に働いていた人たちに加えて、他社からこれと思う人材をどんどん引き抜いた。豊田自動織機製作所の中核メンバー、大同製鋼の技師長、白楊社で小型自動車を設計した男、日本エヤーブレーキで三輪自動車の試作を担当していた高校・大学時代の親友など、その後のトヨタの各部門の指導者になる人材を、大衆車の国産化を目指すという熱意ある説得で引き込んだ。そして彼らにそれぞれの任務を任せ、自らは全体の指揮をとったのである。また、彼らをアメリカやドイツに赴かせ最新の工作機械をどんどん輸入し、数ヶ月滞在もさせて外国の重要部品の製造工程や組み立て工程を学ばせた。かつて自分自身がプラット社で学んだ時のような研究姿勢を彼らに要求したのであろう。

一方、エンジンは一九三三年型シボレーのコピーエンジンなのだが、このエンジンの開発は思うように進まなかった。毎日喜一郎が見回りに来るので、担当者は必死だが、その苦労談も書かれている。後に三代目の社長になった石田退三（注五）は彼らを「火の玉組」と称したそうである。昭和九年には豊田自動織機製作所敷地内に、板金工場、機械仕上げ工場、製鋼所など、三六〇〇坪に余る試作工場を占めることになったとある。この間喜一郎は自動織機の改良にも精力をそそぎ、昭和一二年、そちらでは画期的な新しい精紡機を発明し、シェアを拡大した。

結局、喜一郎が自動車部を作った昭和八年九月から一年半経った昭和一〇年五月に最初の試作車、A1型自動車が完成した。曲りなりにも自分たちで作り上げたのはシリンダーヘッド、シリンダーブロック、トランスミッションケース、あとは手叩きのボディーくらいのものであり、ギヤ関係、クランクシャフト、カムシャフトなどの駆動力を伝える重要な部品は、ほとんどシボレーの純正部品を使って組み立てたとある。それも大型大衆車、三三八九ｃｃの排気量のあるものだった。このような大型車を製造した理由も、縷々書いてあり、それは陸軍主導の政府の方針と密接に関係したようだが、それは今は省きたい。豊田自動織機製作所の敷地内では、エンジン製作、アクセル工場、製鋼工場、鋳物工場があり、そこから一キロ東方の刈谷に組み立て工場を作った。こちらには、ボディー組み立て工場、塗装工場、フレーム組み立て工場、シャシー組み立て工場、内張り準備工場、そして部品置き場であった。しかし、このA1型自動車を喜一郎は三台作って打ち止めにした。量産体制が不可能と見たからである。政府が自動車の国産体制で量産可能な会社を指定するという期限が迫っていた。

そこで喜一郎はまずボディーが簡単なトラックの生産に邁進する。トラックの試作第一号のG1型は、ゴーサインが出て五ヶ月後の昭和一〇年八月に早くも完成した。同月に商工省は、自動車製造を国家の許可事業として各種の保護を与えるが、許可会社は数社に限るとし、外資系企業は排除するとした。日産は既に「ダットサン」の月産一〇〇〇台の量産工場を稼働させていて小型車では圧倒的な人気を得ていたという。

トラックの走行試験もそこそこに、喜一郎は年内の発売を目指して動き出し、まずは販売の専門家として、神谷正太郎を紹介された。神谷は名古屋市立名古屋商業学校の出身で三井物産で働いたが、一旦独立したが倒産し、昭和三年に日本GMに入社した人で、喜一郎の国産自動車を作るという熱意ある説得に動かされ、給料はGMの半分であったにもかかわらず、一から販売網を築くつもりで入ってきたという。しかし、当座は販売した車が故障とクレームの連続だった。実際に使用者も修理しやすいように販売は名古屋近郊在住者に限ったという。販売を始めて半年ほどして喜一郎は販売店者を刈谷に呼び、サービス会議を開いた。彼は販売店に対して、いつも「欠点を教えて下さい」といった調子で、丁重だったという。そして次のような挨拶をした。「これまでに六〇〇ヶ所を改良しました。自動車に投じた金も、既に全従業員を小学校から大学まで卒業させるに要する額に達しています」と語り、販売店の代表者たちも、喜一郎の誠実さと情熱には心を深く打たれ、敬愛する人が多かった、と書かれている。

翌昭和一一年の二月には二・二六事件も起きて、日本は次第に軍国体制になっていった。しかし、喜一郎には、そういう動きを目にしても、心は自らの国産車生産に命をかけていて、必死であったであろう。ともかく量産体制にこぎつけた喜一郎は、大衆乗用車の生産も再開し、月産で乗用車二〇〇台、トラック三〇〇台を目標とした。しかし、自動車の生産はなかなか思うようにいかなかった。輸入した鋼材でギアを作るとうまくいくのに、国産の鋼材では、すぐ刃具を傷めてしまう。鋼材の性質からして、国産のものはまだまだ悪く、製鋼部に素材の開発を要求せざるを得なかった。

このような時、喜一郎の頭に浮かんだのが、不良品や作りすぎて倉庫に眠っている部品が多すぎることであった。新たな改良された製法で作るには、また大量の不良品を溶かし直してまた作り直さなくてはならない。このような様子を見て、喜一郎は「ジャスト・イン・タイム」という方針を打ち出す。これは必要な時に必要な分だけ製品を作るというシステムである。ここからトヨタの生産方式が始まったという。これが現在も有名なトヨタの「かんばん方式」（注六）である。

これは余分な在庫を作らないということである。工場で在庫を抱え込まず必要なものを必要な時に必要な分だけ補充することにより経営を圧迫しないことをいう。これがトヨタの優れた方針で、常に「ジャスト・イン・タイム」で生産をするというわけである。これにより不要な生産を抑え、物置き場の倉庫を倹約する経済的な方式で当然流れ作業を前提としている。この方式はこの頃、喜一郎の方針で始まった。ところがこれは、「その部品を常に準備する負担を下請け、孫請けに押しつけることでもあり、下請けいじめだ」と、多くの批判を生んできた。

トヨタ城下町と言われる体制で、下部組織がその負担を我慢せざるを得ない。著者も、俗耳に入りやすいため、一時は盛んにマスコミでトヨタ批判となったと書いている。しかしそんなことをしていたらトヨタの下請け（協力工場）はみな潰れてしまう。実際は、下請けも無駄な部品を作らないようにしたからコストダウンが図れて、生き延びているのであると述べてもいる。

ただ、この本は豊田家のことを書いている。だからいわば組織の上部構造の人たちのことに興味の中心がある。かんばん方式が実際はどうなのか、下請けの人たちの言葉を聞かなくてはならないだろう。

実際インターネットにはさまざまの人の意見が載っていて、自分は下請けであると言って書かれたものもある。それらは、明らかにこの方式は下請けに苦労を強制する下請けいじめ以外のなにものでもない、といったものもある。いろいろな側面があるようだ。

結論としては、私もこれを単純に非難はできない。たとえ一時的に下部組織が苦境になっても、長期間にわたってトヨタが下請け企業をどう運営しているかという観点から見ないといけないと思っているからである。

この頃、後に五代目社長となる喜一郎の従兄弟である豊田英二が入社している。彼は佐吉の弟、平吉の息子であり、喜一郎と同じく東京帝国大学機械工学科卒業のエンジニアであり、入社二年目に監査改良部の責任者に抜擢されていた。喜一郎は早くから彼を自分の後継者とするべく鍛えようとしていたようである。シボレーやフォードからスタートしたトヨタの重要部品はすべてヤード・ポンド法、すなわちインチでの設計であったが、この時期それをすべてメートル法に変えたのは英二であった（注七）。

昭和一一年五月に遅れていた自動車製造事業法が公布され、喜一郎は大車輪で許可申請書を作成し、七月に一番で商工大臣に提出した。それによると、一一年末までに、乗用車、トラック、バスを合わせて一〇〇〇台、一二年は一気に拡大して、乗用車二五〇〇台、トラック二五〇〇台、バス一〇〇〇台で合計六〇〇〇台、一三年には、一万二〇〇〇台、一四年は一万八〇〇〇台となっていたという。その申請のすぐ二日後、日産が許可申請、こちらは小型車ダットサンの量産に加えて、新たに大きい大衆車の生産設備一式をアメリカのグラハム・ページ社から購入し、量産体制を敷いていたという。その意味でこの両者は、体制作りで全く異なっていたと言える。

九月、商工省と陸軍省から、トヨタと日産の二者が量産体制の可能な指定会社として許可を得た。同時に日本GMと日本フォードは生産台数の制限を受けた。この時期、まだアメリカとの関係も、決定的に悪くはなかったのである。しかし、一一月には、日本が日独防共協定を結んだことで、国際緊張も高まっていった時期でもあった。

昭和一二年九月より、トヨタは一貫した量産体制にするべく、当時は僻地であった、挙母（ころも町（現在の豊田市）での工場建設が開始された。利三郎の資金繰りも大変だったようだが、自動織機の好調と三井財閥からの借り入れで建設資金ができたという。挙母の五〇〇〇人の新工場の建設は約一年かかり、竣工は昭和一三年一一月であった。建設資金三〇〇〇万円のうち約半分は機械購入費で、そのほとんどがアメリカからの買い付けだった。これは、ギリギリのタイミングであった。担当者が出発した時は既に日中戦争が始まり、日本は戦時体制に移行し、輸出入は不自由になっていったからで、喜一郎は強運であったと言えると筆者は書いている。また、ある意味でトヨタ自動車は、完全に自動車先進国アメリカからの技術導入からすべて始まっている。また工場以外にも、駅や引き込み線、上下水道、道路などのインフラ、従業員五〇〇〇人分の食堂、寄宿舎、社宅、アパート、病院、学校、総合グラウンド、デパートなど、さまざまの建設があった。

喜一郎がかつて述べた「安くて優秀な車の製造」を目指すというトヨタ自動車工場の竣工式は昭和一三年一一月三日であって以後トヨタ自動車はこの日を創業記念日とした。

挙母工場は操業を開始すると、折しもの政府の軍備拡張、生産力拡充政策の波に乗り、フル操業となり、一三年には二二万円の損失だったのが、一四年九月期には一二〇万円の利益を上げ、第二次世界大戦が九月に勃発して、外国車の輸入が途絶えると需要に応じきれない日々が続いたという。喜一郎は毎日工場に出て陣頭指揮をとった。しかし、この間、一三年八月には商工省の通達で乗用車の製造は禁止されて、一三年度は乗用車の生産は四五八台、一四年度は八四台に過ぎず、喜一郎の顔は浮かなかったとある。

挙母工場発足の日、前列右から二人目が喜一郎、後列中央が神谷正太郎、他にもトヨタに重要な寄与をした幹部が並んでいる。

挙母工場の全景（昭和１３年）

昭和一五年には、政府による電力、鉄鋼需給、石炭配給など数々の統制令が発せられ、六月には物資動員計画が閣議決定され、操業短縮が始まった。これが一四年、一五年と設備投資をしてきたトヨタを直撃した。一六年一月の臨時株主総会後、利三郎は会長に退き、喜一郎が社長になったが、このような情勢では、技術屋である喜一郎にはやることがなく、半ば引退したような状態だったらしい。三井物産取締役の赤井久義が副社長として加わり、戦時中から二〇年まではこの赤井氏がトヨタの経営を仕切ったとのことだ。一六年中頃から日米開戦が避けられないと見た政府は操業短縮を解除、一転してフル操業となり、一二月には月産二〇六六台でこれまでの最高を記録した。しかし、この後は資材不足で急速に落ち込んだ。喜一郎は自動車に興味を失い、一時川崎航空機と共同出資で飛行機会社を作り、自ら社長にもなったようだが、これも資材不足でどうにもならなかった。佐吉譲りの酒豪であった喜一郎は、一時は酒浸りになって高血圧も進んだとの記述もある。

この間に、軍事優先で、紡績業の民需が縮小し、豊田紡織も対応を余儀なくされ、利三郎は、他の紡織会社との合併を蹴り、トヨタ自動者工業との合併で豊田を守ろうとした。トヨタ自工がその従業員を引き受けることになり、多くの紡織の人材が、自工に移った。先述の石田退三もその一人であった。

戦後、八月一五日の敗戦告知があり、幸いもともと僻地にあった挙母のトヨタ工場は戦災を受けず、その二日後にはトラック製造を再開することができた。赤井氏は「これから日本を復興する際にトラックは重要である。トヨタはそれを供給する責任がある。そのつもりで再出発しよう」と社員に呼び掛け多くの社員が、やる気を起こしたという。その頃東京の自宅にいた喜一郎は、軍事産業であった自動車会社は占領軍が操業を認めなくなるだろうと読んで、息子の章一郎を始め、英二や周辺の人たちに、瀬戸物、チクワ、ナベやカマ、ドジョウの養殖の研究、プレハブ住宅の建設まで命じたという。幸い九月にはGHQが民需物資の生産再開を許可した。それでもトラックの生産は僅かであったので、これらの中で金物類は生産を続けた。これらの中で現在まで続いているのがトヨタホームだそうである。

喜一郎は会社の経営は赤井氏、生産現場は英二たちに任せ、自動車協議会の会長としてもっぱらGHQとの対応に尽力した。GHQは一一月に財閥解体令を出したが、利三郎と喜一郎は、豊田グループの兼任をやめ、会社名から豊田の名前を削り、財閥とわからないようにしたという。こんな必死の努力で豊田は財閥指定を免れた。また誰も戦争の積極的推進者として追放処分を受けなかったのは幸いだった。

ところが赤井氏が一二月の交通事故で亡くなり、喜一郎は、再び挙母工場で陣頭指揮をとることになった。昭和二二年、待望の小型乗用車が完成した。ところが故障しがちで、トヨタの資金繰りはどんどん悪化していった。昭和二四年の夏頃から、従業員への給料の遅配が常態化し、喜一郎も金策に走り回ったが、苦しい状態が続いた。日銀の斡旋による名古屋の銀行二四行の協調融資や、販売会社の分離独立など、いろいろ七転八倒の努力はあったのだが、遂に人員整理に踏み切らざるを得ない事態になった。二五年四月、組合との数度の団体交渉の後で一六〇〇人の希望退職者の募集を組合に提示、組合は全面ストライキに突入、連日のようにデモ、抗議集会を行ったという。

五月の中頃、トヨタ自動車販売店協会は役員会を開き、喜一郎以下、トヨタの役員も出席した場で、役員批判が行われ、その席で突如、喜一郎は立ち上がり「みんな私が悪うございました。ここで皆さんにお詫び申し上げます。私がすべての責任をとって辞職いたします。これで今日の会議はおしまいです。私は辞表を出します。今日で会社と縁を切ります」と言うと、そのまま退席してしまった。そして五日間消息を絶ったという。

豊田喜一郎氏

豊田利三郎氏

五月末に、喜一郎は利三郎、製造部門のトップになっていた英二、自動織機社長の石田退三らを呼び、その席で後任を石田にしたい、それしかないと石田に申し出た。石田は当初、辞退していたが、利三郎が「もうそれだけの余裕がないんだよ。豊田以外の人には投げ出せない。いやだろうが、キミ以外にやってもらう人はいない。頼む。引き受けてくれ」と言われてついにこれを引き受けることになったという。六月五日に組合に対しても辞任の発表が行われ、二ヶ月に及んだ争議の収拾の機運が生まれ、その日に希望退職者が九〇〇人、七日には雪崩を打って一七六〇人に達したという。三井銀行からお目付け役として中川不器男氏（後に四代目社長となる）が副社長に就任、待っていた銀行融資団が融資を開始し、トヨタは倒産の危機を免れた。石田は就任挨拶で「粉骨砕身、努力しますが、ご期待に添い得ましたあかつきには、再び、会社の生みの親であり、育ての親であった豊田喜一郎氏を改めて社長にお迎えいたしたき所存で、この段、特に前もって皆さんにもご承認おき願いたいと存じます」と述べたという。

この退任、就任劇の一ヶ月後、朝鮮戦争が始まり、たちまちにしてトヨタは業績を回復した。もし、これが一ヶ月早かったら、社長交代はなかったかもしれない。著者は、これを喜一郎の不運としているが、世の中わからないものである。

朝鮮特需は凄まじく、いずれもトラックだが、七月には第一次の一〇〇〇台受注で五億円、八月には第三次で二三二九台で総計一五億円に達したという。石田はこのとき目一杯稼ごうとフル操業、毎日二時間の残業を命じ、自分は単身上京し、英語に堪能な社員を調達し、国連軍、米軍、警察などを営業して回った。その甲斐があって、トヨタは特需の受注では日産、いすゞを抜いてトップとなり、二六年三月期決算で二億四九三〇円の利益を上げて、戦後初めての配当をした。

昭和二七年一月、石田は先に宣言した通り、喜一郎に社長復帰を申し出た。喜一郎は最初は拒んでいたが、三月に喜一郎が「儲かると言ってもトラックばかりじゃないか」と言うと、石田は「だから、これから乗用車作りに励んでください」との言葉に、「ありがたい」と喜んで再びファイトをかきたてられたようだった。ところが、一〇日もたたぬうちに喜一郎は脳溢血で亡くなってしまったのである。五七歳であった。そしてその二ヶ月後、かねてより病床についていた利三郎も亡くなった。

著者は最後に「エピローグ」としてその後のトヨタの歴史に簡単に触れている。石田は茫然自失したが、すぐにそれまでチクワ作りを終えて名古屋でプレハブ住宅の研究をしていた喜一郎の長男章一郎を説得してトヨタ自工に入社させた。彼は名古屋大学工学部機械工学科卒業で、父と同じ機械のエンジニアであったのだが、いきなり取締役とさせられて、石田、英二、神谷などから「とにかく現場を回れ」と言われ、懸命に社内で働き始めた。こんなことを知ると、トヨタの幹部がいかに豊田家を大事にしたかが窺われる。それはとりもなおさず喜一郎に対する尊敬の念から発していたのだろう。

昭和三〇年、トヨタは初の純国産乗用車であるトヨペット・クラウンとトヨペット・マスターを発売、これが大ヒットした。その年の暮れには乗用車シェアの三五・二%を占め他を圧倒したとある。

昭和三三年に英二と石田は、乗用車専用工場を作る決断をして、その建設委員長に、前年欧米の自動車工場を視察した、入社五年目、弱冠三三歳の章一郎を据えた。一年間かけて豊田市元町工場が完成し、これが今日のトヨタ発展の土台となったという。

トヨタは確かにアメリカの模倣から始まったのだが、その後、たゆみない技術の改善で、今日アメリカを凌駕している質の高い自動車を生産してきたところに、彼らの素晴らしさがあると言えよう。

著者はこの本の題名を「カイゼン魂」としたのは、九代目の社長であった張富士夫氏（現名誉会長）に、トヨタの生産方式の伝統の中でよく使われる「ジャスト・イン・タイム」、「現地現物」、「見える化」、

「改善」、「ムリムラムダの排除」など多くの言葉の中でどれが一番大事か、と問うたら、彼はしばらく考えて「改善でしょうね」と答えたからだという。そして著者は他の企業ではなかなか継続できないトヨタ生産方式を機能させているのは、あらゆるシーンでのたゆまぬ「改善」の努力によると感じたことによると書いている。

続いて読んだのは、五代目社長であった豊田英二氏の『決断』(日本経済新聞社、一九八五年)である。これは日経の『私の履歴書』シリーズに書かれたもので、英二氏が応々トヨタの中興の祖と書かれているものだから、興味を持った。このシリーズは、私は以前、自著『悠憂の日々』でかなり多くの人たちの文章を読んで書いたことがある(注八)。いずれも有名になった、あるいは功なり名を遂げた人たちの自叙伝であるから、第三者がライターの前著のような本とは書きぶりが異なる。社会的には十二分の活躍をした人たちであるだけに、かえって淡々とした筆致で自らの事績を述べるのが普通である。ここでも著者はまえがきで、「正直いって五〇年も自動車に携わってきた人は、そうたくさんいない。一緒にやってきた仲間も、ぼつぼつ鬼籍に入りつつある。私が語らなければ、後世の人は何もわからないという話もたくさんある。そんな気持ちから、自分に関して知っていることについて、ある程度記録が残ればいいと思い……二七回にわたって連載した」と述べている。単行本として出版する際に大幅に加筆・補強したと書いている。

この本は、英二氏が、昭和五八年、国から勲一等瑞宝章をもらい、六〇年に七二歳で出版されている。ここでは『カイゼン魂……』で既に書いた内容は簡単に触れるにとどめ、できるだけ重複を避けて書いてみよう。

全体が三つに区分されていて、第一部は「工場を学校にして」である。

彼は幼い時から、先述のように、佐吉の弟の息子で、喜一郎の従兄弟であるが、大正二年生まれで喜一郎より一九歳年下である。住まいは豊田自動織機の工場の敷地内にあり、工場を遊び場として育ったような人であるが、六歳の時弟についで妹を産んだ母を産後に失っている。

小学校前半で、工場のスチームエンジンに触りたくてしょうがなかったが、大人は相手にしてくれなかったという。佐吉の思い出とか、愛知一中、八高、東大でのことなども書いているがここでは省きたい。就職の時、学校で世話をしてくれなくてよいと書き、豊田自動織機に入った。折しも東京に転居した喜一郎の家の居候になり、芝浦に研究所を作れと言われる。最初は独りであったが、そこでさまざまの勉強をしたり、トヨタのトラック工場向けの東京の部品工場を調査しているうちに、二年目の昭和一二年五月に刈谷の本社に転勤となり、監査改良部の責任者とされた。会社のクラブに住んだがそこは寝るだけの場所で、朝七時に会社へ行き夜九時頃まで仕事をしたという。ひたすら働いたのであろうが、会社に入って、直ぐに幹部になるべくポジションをあてがわれ将来を期待された恵まれた人だなあ、との思いがする。

一方、七月に盧溝橋事件が起き、八月に彼は赤紙で召集され野砲連隊に配属されたが、一〇月に「軍需産業に必要欠くべからざる技術者は召集するのをやめる」という陸軍省の方針で、戦地に行かずに済んだ。実は、前年の終わりから一二年の初め頃までは、トヨタはトラックを作っても売れない時期が続いていたが、日中戦争のお陰で陸軍が大量に買い上げてくれ、在庫が一掃されたので、会社は潰れずに済んだと述べている。その意味では、戦後の昭和二五年の朝鮮特需と、トヨタは二度の戦争で成長した会社ともいえるが、これはトヨタだけでなく、日本の多くの基幹産業もそうだったのだろう。その頃、刈谷の生産台数がやっと月間五〇〇台になり、また挙母工場の建設が進む。この監査改良部時代に、英二氏のあとに残る仕事がヤード・ポンド法からメートル法への転換で、メートル法のネジは彼が決め、後にＪＩＳの標準規格になったという。

挙母工場ができ、彼は第二機械工場の責任者となる。直接現場にいて、喜一郎の主張した「ジャスト・イン・タイム」の実現に向けての監督というところであろうか。しかし、このシステムは戦争ですべて壊れてしまったという。

次に第二部は「時代を翔る」という区分である。

昭和一四年に見合い結婚をし、父親が工場近くに土地を買い建ててくれた家に住んだ。トヨタは日中戦争との関連で中国に進出し天津に工場を作っていて、故障による苦情が絶えなかったので、巡回サービスとして、喜一郎と共に三ヶ月間各地を回っている。日米開戦で、トヨタ内では既に敗戦の予想があり、喜一郎も早くからそれを見抜き仕事への意欲をなくし読書三昧の生活であったという記述もある。

終戦直前の二〇年五月に、赤井久義副社長の推薦で取締役になった。喜一郎は「英二はまだ三〇歳そこそこ。若過ぎる」と反対したが、赤井氏は「そんなものは年の問題ではない」と強く主張して役員就任が決まったとある。

終戦の詔勅後、皆が茫然としている時に赤井氏の演説により、その二日後には皆がやる気を起こしたというのが本に書いてあり、その後の赤井氏の事故死についても詳述されている。また二五年の人員整理での組合ストライキ、倒産寸前の危機、喜一郎氏の社長辞任、石田退三氏の社長就任で英二氏は常務に就任する。

神谷正太郎氏は、工と販が分離したトヨタ自動車販売の社長に就任し、渡米してフォードに技術指導をしてもらう約束をとりつけ、帰国した。その後を受けて英二氏は自動車産業の今後の見通しをつけること、技術提携の可能性を探るためにアメリカで三ヶ月を過ごした。最初の一ヶ月半はデトロイトのフォードで実習を含めて勉強し、後半は各地の機械メーカーを見て回った。三節にわたってその詳しい活動が書かれている。

帰国後、朝鮮特需でトヨタは上向いたが、まだ代金が入らず、社内では「トヨタは今何をやるべきか」を議論しそこで決まったのは合理化と輸送のコストダウンであった。フォードで見てきているのでこれから始めることとし、これが「創意くふう」運動の始まりである、と書かれている。その後、喜一郎氏の死去に至る。

第三部が「挑戦そして決断」となっている。

戦後のトヨタの本格的乗用車で大ヒットしたのは、昭和三〇年に発売したクラウンであるが、英二氏はこの開発に最初から関与したので、記念すべき式に彼はモーニングを着こみ第一号車のハンドルを握ったとある。そこで国内の評判がよいのでアメリカ進出を考えたきっかけは、自販社長の神谷氏が、「アメリカでドイツのフォルクスワーゲンが侵食し、現在欧州車の市場占有率が一〇%に近付いている。このままいけば輸入規制が起こる。その前にトヨタが市場に入らないと永久に締め出されかねない。つばをつけるのは今のうちだ」と言い出し、ともかく船積みしたというのが実相で、三二年に「米国トヨタ」を設立した。しかし、クラウンは最初は馬力が不足し、高速道路に入れない、という状態から改良を加えていったようだ。

国内販売の方はトヨタ店の一系列でやっていたが、コロナ、トヨエースなど車種が増えて、神谷氏が全国のディーラーを懸命に説得してトヨペット店など複数店化を実現したという。国内需要が徐々に増え、供給が追い付かなくなり、英二氏は乗用車専門工場、月産五〇〇〇台目標の建設を石田社長に進言した。そして実際は倍の月産一万台を達成したという。この英断で今日のトヨタの勢いを決定づけたようだ。こんなことを読むと、トヨタの発展には、技術系の人たちだけでなく、特に、石田退三氏、神谷正太郎氏など、営業的に優れたカンを持った優秀な人たちがいたのが大きかったのだなあ、と強く感じた。

この本では、元町工場は建設以来二五年以上経ち、現在（昭和六〇年）クラウンを月間一万三〇〇〇台、マークⅡ系と合わせて月間三万台生産していると書かれている。

この自動車の台数に関して英二氏は、豊田喜一郎が自動車を五〇年前に取り組み始めた頃、アメリカでは四人に一台の割合で自動車が普及していて、喜一郎はいずれ日本も一〇人に一台くらい普及すると考えた。一〇人に一台というのは、人口約一億で保有台数が一〇〇〇万台、一年に一割が新陳代謝するとすれば、年間一〇〇万台の需要がある。これだけあれば自動車産業は成り立つ。今や日本は当時のアメリカを上回る三人に一台まで普及するに至った。輸出も予想以上に増え、わが国の自動車生産は昭和五五年以降、年間一〇〇〇万台を超え、アメリカを抜いて世界一の自動車生産国になった、と冒頭に述べている。そういう時期の本であるから、勢いがある。

石田氏が三六年、七六歳で社長を退き会長になり、三井銀行から派遣されていた中川氏が副社長から社長になり、英二氏は副社長になった。それから自動車は資本自由化でアメリカビッグスリーが日本になだれ込んでくるであろうと、業界の再編話が続いている。日産とプリンスの合併、トヨタと日野自動車の提携などを経て、三九年の東京オリンピック後の四〇年代、モータリゼーションの波が進展した。トヨタは四一年、日産が排気量一〇〇〇ｃｃのサニーを売り出した半年後に、一一〇〇ｃｃのカローラを売り出し、これが大ヒットになった。これが最盛時の五五年にはカローラだけで八五万六〇〇〇台に達したという。四二年中川社長の急逝により、英二氏は社長になった。社長になった時、新聞は「豊田家への大政奉還」と書いたが、彼は「私としては適任だから選ばれたのだと思う」と答え、この発言が後々まで有名になったと書いている。彼は、トヨタ創立の頃は、確かに豊田一族が支配していたが、戦後株式を公開し、自分が社長就任の頃は誰もトヨタを豊田家のものだとは思っていなかったはずである。新聞を始めとするマスコミの意識が予想以上に古くさいことを認識したという。

豊田英二氏

彼は、昭和四二年から五七年まで一五年間社長を務めた。彼自ら、その間一言で言えば、順風満帆だったと言えると述べている。また社長になって約一ヶ月後に日本自動車工業会の副会長になった。会長が日産の川又克二氏で、副会長三人の一人だった中川氏の後を襲った（他の二人がダイハツの小石雄治氏とホンダの本田宗一郎氏）。その後、彼は会長になって二期八年を務めた。これ以後は、四〇年代後半から五〇年代前半の排出ガス規制、二度の石油ショックで苦労した話があるが、トヨタ財団の設立、豊田工業大学の創立、豊田中央研究所の創立など、まさに順風の中の事業展開が続いていると述べている。

最後に英二氏は「決断」と題した節で、いちばん思い出になる決断といえば、元町工場の建設がその一つであると述べている。海外については、六〇年のGMとの合弁事業のフリモント工場の完成もあるが、決断という目で見るとフォードとの提携交渉が挙げられるという。決断といっても、経営トップは旗振り役に過ぎない、その振った旗に皆がついてくれなかったらダメだ。決断といってもいつ決断を申し立てるか、そのタイミングの取り方も問題であるという。豊田英二氏は、二〇一三年、一〇〇歳で亡くなった。

日本の自動車の国内販売の実績の推移をインターネットで見てみると、乗用車、トラックを含めて一九九〇年度がピークで七八〇万台、その後一九九八年から二〇〇五年くらいが六〇〇万台、二〇一六年は五〇〇万台と明らかに需要は漸減している。主な減少はトラックでかつて二五〇万台近くあったものが現在は約七〇万台である。普通・小型乗用車の台数はここ一〇年ほどで三〇〇万台弱でそう変わりなく、軽乗用車が燃費の経済性から多少増えているが、乗用車の総数としては、それほど大きな変化はない。企業としては海外への輸出に重点が移っていると思われる。しかし、輸出額の推移を見ると、日本全体で、二〇一五年がピークで約七五兆六〇〇〇億円、二〇一六年は約七〇兆円で前年比九二・六%だから（昭和二八年財務省統計による）、こちらも今後どうなるか、成長は難しいかもしれない。これからは、世界的に電気自動車への動きが焦点になりそうだ。

以上の二冊は、豊田家のトップを務めた人たちの伝記ともいうべきもので、いわばトヨタを上からの目線で記述したものといえよう。もう一冊、トヨタに関してたまたま図書館で前述とは全く異なるセンスの本を見つけて読んだ。それは『トヨタの労働現場 ダイナミズムとコンテクスト』(伊原亮司著、桜井書店、二〇〇三年) である。著者は、一九七二年生まれ、一橋大学商学部卒業で労働社会学 (あるいは産業社会学、経営学) を学び社会学博士となり現在岐阜大学の地域科学部准教授である。最近の著書としては、『トヨタと日産に見る場に生きる力—労働現場における比較分析』(桜井書店、二〇一六年) などがある。

この本は彼が一旦学部卒業後サラリーマン生活を送り、一橋大学大学院にいる頃、二〇〇一年六月にトヨタの期間従業員の募集に応じ臨時社員として三ヶ月半、実際にトヨタで働いて現場の実態を体験したことを基にした本である。応募の時の条件が、作業内容に関しては「経験、学歴は一切問わない」というものだった。彼はこれまでにも数社、現場労働に応募してきたが、経験がないことを理由にみな落されてきたので、かえって、この会社は頭数だけそろえば誰でもよいと考えているのだろうかと怪訝な思いがしたと言う。賃金は「六ヶ月勤務の場合、月額換算で三一・二万~三三・七万円」ということなので、決して悪くないと書かれている。実は多くの研究者がトヨタの高効率生産体制についてさまざまの研究を行っているのだが (注九)、それを自ら現場に飛び込んで、体験した上で考察した本になっている。

入社前日、新幹線で降りた名古屋駅で、トヨタの小旗を振った人に実に約二五〇人がその旗に従った。これほど多くの人たちが応募していることにまず吃驚したという。

健康診断その他の検査が終わり入社、研修を終え、一週間で現場に行っての作業の実態が実に九〇°へ

ージ弱にわたって事細かに綴られている。勤務形態は、連続二交替制であり、一直は、六時二五分から一五時五分、二直が一六時から〇時四〇分で、一直と二直は一週間ごとに交替する。すなわち、工場は朝六時頃から真夜中まで動いている事実に、まず私は吃驚した。

彼が配属されたのは、トランスミッションやトランスアクセルの生産工場である。前工程で加工された部品を組み付け、それを洗浄し、検査、梱包、運搬、出荷する工程作業で、製品は工場のすぐ隣にある港からアメリカの工場に輸送される。たまたまこのラインは七月に本格的に稼働したばかりであった。この工場で働くことになった人数は四三人、五階建てないし七階建ての寮で、六畳一間、冷暖房完備、テレビとポット付きの部屋で暮らすことになる。工程作業を詳述するのは大変なので大幅に簡単化するが、要は流れ作業の一環で、一、「日常業務」と、二、「改善活動とＱＣ（注一〇）サークル」に分けて記述している。

多くの論者によってライン労働の過酷さが指摘されてきたが、近年トヨタのライン労働は変革によって改善されたと言われ、それを実態から見てみよう、というのが著者の問題意識である。

彼の配属された組の当初の人員構成が年齢付きで出ている。それによると、職制という分類の勤続年数約二〇年の組長一人と班長三人、一般従業員が一二人、期間従業員が著者を含めて四人であった。彼のいた期間、九月に期間従業員が七人に増えている。期間従業員の学歴は書いていないが、職制と一般従業員は一一人が高校卒業で五人の登用というのがいて、これは中途採用とのことである。

日常業務は標準化された反復作業であり、彼の体験では、ひととおりマスターするのに三日くらいで一人で作業ができるようになったとあるが、時間的に速度が要求される。生産台数は頻繁に変化した。一日で一直当たり六〇〇台から七〇〇台である。ここのラインは一本のベルトコンベアラインのように完全に同期化されたラインではないが、流れ作業ではある。工程間の微調整、作業の再配分、人員の増減などを絶えず行っているという。それによって流れの乱れを吸収し、スムーズなものにする必要があり、生産量の変化は労働密度の高まりを意味し、残業時間の変化ともなり、その作業はそのうちかなりの負担になって身体がきつく感じるようになった。入社時には七七キロだった体重が一〇日経ったら七〇キロ、一一月の退社時には七〇キロを切ったとある。特に洗浄品の箱の運搬は腰痛の原因となり、そのため途中で退社した人もいて著者もギックリ腰になりそうでヒヤヒヤさせられたとある。

「ゼロ災ノート」を渡され、一は「今週の安全目標」を各自が毎回書き込み、毎週組長に提出する。彼の場合、第一週は「仕事の概要を理解し、けがをしないようにすること」で、その目標に対する自己採点をする。また二は「配属された職場で教育を受けた内容等について記入して下さい」とあり、八つの質問があって回答に対して数日後に職制のコメント付きでノートが返ってくる。期間従業員たちは、あまりに面倒なので途中から提出しなかったが、おそらく職制も負担だったのだろう、提出しなくても文句は言われなかったそうであるとも書かれている。作業中の機械のトラブルは必ず「異常処置」の資格を持った人を呼ぶ。一般従業員でも資格を持っていない人は機械に触れることはできない。もっとも異常の後の対応は残業時間でこなすことになる。こんなことで労働者は単調で過酷な反復労働を行っているというのが、彼の結論である。

改善活動は、「創意くふう提案」と「ヒヤリ提案」があり、一般労働者も「創意くふう提案」を行うことができる。この制度は二〇〇一年で発足五〇年を迎えたという。すべての従業員は月に一度「創意くふう提案」を提出することになっている。しかし見るとそのほとんどが締め切り直前に無理やり提出するようであり、期間従業員の多くは催促されない限り提出しないという。良い提案に対しては報奨金が出る。こういうことで管理する方は従業員のやる気を測る材料になっているようだと、書かれている。組長などの職制は、会議と事務作業も多くて、現場には時々出てくるだけである。QCサークルは月二回、一時間くらい通常業務の後に行われ、期間従業員も参加を義務付けられていて残業扱いで残業代が支給された。数回の議論の結果、その成果は各職場に取り入れられるだけでなくQCサークルの大会で発表されるものだという。著者がいた時は「品質」というテーマであったが、途中まではいろいろ議論されたが、数回の議論の末の終了時はかなり疲れてもいて結論はリーダーに任せることになり、ここらあたりはQCの形骸化かと著者は言っている。実際の現場での職場リーダーは一般従業員の一人で（三二歳で経歴一三年）彼が何でも組の中の人たちの仕事の調整業務を行っていた。彼はしばしば「改善できる点があったら、ちょっとしたことでも教えてくれ」と言ってきたという。それにしても、これらの活動を見ると、職場は一応かなり民主的に労働者の意見を吸い上げようという姿勢であるように見える。

現場ではずっと同じ作業を担当しているのではなく、しばしば持ち場が変わるローテーションを行っている。他工場からしばしば回されてくる人もいて、それは現場を回していくための必死のやりくりで、教育的なものでもなく計画的なものではないと著者は批判している。これは労働者に複数の作業を習得させ、年休などによる欠員の穴を埋めたりするのに備えているということのようだ。

その次に、著者は自らの経験に基づいたライン労働者の「熟練」と「自律性」について考察している。著者は、労働を質的な面と量的な面に分け、前者に対応する能力が「熟練」であり、後者に対応する能力が「耐力」であるとする。ライン労働者に要求されるのは、創造する能力ではなく、高度の熟練でもない。正確に処理する能力であり、機敏さや集中力が求められ、不良品を流さないためには緊張感が要求される。つまり労働の質の高さでなく労働の密度の高さが求められる。労働者の年齢構成を見るとそのことがよくわかる。ライン内の労働者は、ほとんど体力や機敏さ、注意力や持続力の高い三〇歳未満であった。職制の人たちはライン労働とは別の系列の教育を受けているようで、ライン労働者の昇進の可能性は、ここでは著者には見えないと思われたようだ。この章の注に、一九九〇年代以降、ライン労働者の高齢化に伴い、身体的・精神的負担が問題になっている。経営側は、必死になってこの問題に取り組んでいる、という文章があった。

近年は産業用ロボットにより、熟練労働が随分不必要になって単純労働の量もずっと減少しているのではないかとも思うが、それは既に前提とされていてのライン労働なのであろう。この本ではそれには触れていない。

トヨタの労働者はＱＣサークル・改善活動や職場運営を通して「自律性」を発揮していると言われているようだが、それを、自ら合理化を推進することで、参加を通して作業をやりやすくしていて、精神的な充足感を得ているという評価がある一方、それは労働者は経営の論理に取り込まれているに過ぎないという否定的な評価もあり、それを著者は現場の体験で検証したいと考えた。

日常業務で、自らの生産のスピードを上げて、僅かの余裕時間（それも数秒）を作るとか、具体的な改善例など細かい事例が記述されている。人員の配置や作業の割り当てはしょっちゅう変わっていた。誰かが年休をとるとか、身体の不調で休むとか、著者自身が作業中に転んで怪我をした時の対応も書かれている。職場リーダーはそのたびにおおわらわで対応を行っていたようだ。

労働者が余裕を生み出そうとするのだが、作業者に余裕が生まれたと見れば、職制は、その作業者に他の労働者の作業の一部を割り当てる。同様に、複数の作業者に同じ労働者の作業の一部を順次割り当てていき、当の労働者の作業を丸々他の労働者に振り分けてしまい、一人の労働者をラインから抜いてしまうのである、とある。これは明らかに労働強化である（この省人化の話は、注によると、門田安弘著『トヨタシステム』（講談社文庫、一九八九年）、『新トヨタシステム』（講談社、一九九一年）からの引用とされている）。現場は生産計画に口出しできず、「上」から指示された生産台数をいかにこなすかということだけに専心している。職場は、生産ノルマをこなすために「自律的」な運営をしているに過ぎない。ただ、それによって、一人一人の労働者にかかる経営側の圧力が緩和されている面があるのも確かであるともいう。著者は、短期的には「自律性」が労働の負担増の緩和であっても、長期的には「自律性」の発揮を媒介にして労働強化が進んでいく。だから、問題とすべきは「自律的」な活動そのものではなく、それを取り込んでいる労使関係にあると結論づけている。

次に、著者はこの労働現場における管理過程に考察を移している。ここでは経営側の権力として、機械・装置を通して行使される権力と、職場運営を通して行使される権力に分けている。前者は多言を要しないであろう。ライン作業ということで否応なしに労働者は時間的に管理されている。またラインが止まるたびの、ランプ点灯、ブザー音などは、労働者を統制する。一時期（八〇年代末から九〇年代初頭にかけて）トヨタは自動化を積極的に推し進めたのだが、これはうまくいかなかった。過度の設備投資、機械の修理時間の増大、車種変更の困難、保全要員の増加、なによりも過度の単純化による労働者の疎外感の深まりで士気の低下などをもたらしたのである。ただし近年のトヨタはこのような自動化装置には過度に頼らないようにしているとのことだ。このラインでは自動化率は従来は七一％だが、現在は一七％、それによって設備投資額も八〇億円から六〇億円に減少したとある。そしてそれに変わるものというのは「視える化」という運動だという。これはガラス張りとかで作業現場をできるだけ周囲から見えるようにする、ということである。これは結局一種の監視機構であり、労働者はさぼるということができないとまではいかないにしても「自律性」が大きく損なわれている。

後者はやや複雑である。九月に新たに入ってきた期間従業員の中に作業ミスの多い男がいて、彼はすぐに他の場所に回されそこでもすぐに他に回されたとか、ライン労働の責任の重さは、トヨタは、非常に高い品質を求める。例えば年間目標は生産台数一〇万台につき不良品を二・八台以下に抑えることとあり、実質的に「不良品は一つも出すな」ということになっているとか、不良品が作業中に見つかると、場合によって今までのものをすべてチェックするというような大ごとになったりし残業時間が一挙に増えたりすると述べている。特に検査・梱包係は最終のチェックをするのであり、この後製品はそれでアメリカに行くのだから、彼らは「誤品、欠品」を絶対に出すなと繰り返し注意される。著者が、その担当者にどれくらいの不良品が流れてくるか聞いたところ、「一日に怪しいと思える製品は一〇個くらい。そのうち明らかな不良品は三、四個」と答えた。著者は毎日、数千個の中から一〇個の不良品を探し出さなければならないのであると書いている。アメリカで不良品が発見されると、その都度、報告書が不良個所の写真付きで担当部署に届けられる。各職場のプレハブにはパソコンがあって現場ですぐ対応処置がとられる。これを著者は、労働者に与えられている権限に比べ個人の責任は無限定で重すぎると書いている。もっとも、自動車のような場合、不良品が事故に結びつくこともあろうから、このチェックが厳密になるのはやむを得ないという面もあるだろう。一方で、労働者は経営側が逐一指示を出しているわけではないのだが、労働者は現場の行動規範に従って行動しこれは職場のルールでそれが労働者を強く緊縛する役割を果たしているという。

次に、著者は「選別と統合」として労務管理と労働者の日常世界の様子を描く。著者の就業期間中組長が昇進して他の部署に移り、班長の一人が組長になり、新たに二人が班長になった。工場全体では従業員は二五〇〇人、工場長が一人、部長五人、課長クラスが三三人とある。期間従業員が一般社員になるためには上司の推薦が必要で、準社員試験に通り、それを三ヶ月経験する間に登用試験を通ればなれるのだが、教育係から「社員に登用される平均年齢は二三歳くらい、合格率は、試験を受けた者の一割から一割五分と低いが誰にでもチャンスがあるから頑張るように」と話を聞かされた。このことに若い人たちは強い関心を持ったようだという。

高卒社員と登用社員には壁が存在する。登用社員は他の職場を経験しているだけに、トヨタしか知らない高卒社員より見方が広い。彼らの中には「トヨタは人情味がなく、人を使えるだけ使う会社だ」と言う人もいて会社とのスタンスに距離がある。また高卒社員、登用社員は異なる親睦団体がある。

期間従業員は、生産台数の変動に対する柔軟性を確保するための「バッファー」であり、このことは組合でも認識されていて、組合幹部も、一般従業員の雇用を守るために期間従業員を「有効活用」すべきであると考えていると書かれている。いわば、使い捨ての取り扱いであるが、その人たちの前歴や、当面それを選んだ目的も著者のインタビューではさまざまである。他の仕事をしたが満足できないとか、前職はつらい仕事だったとか、倒産したとか、とりあえず金が欲しいとか、金をためて塾かなにか独立したいとか、なれるものなら社員になりたいという人もいる。

また、女性労働者は彼の仕事場では二人いた。四年前に工場で女性を採り始めたので非常に少ない。注での日本経済新聞の記事では一九九三年、少子高齢化への対応で生産現場で女性の採用は一八%、アメリカのトヨタでは、九六年で労働力の二五%が女性だという記事があった。

また、注で豊田学園を卒業した者と、一般高卒との間には格差があることが書かれており、学園卒の技能系社員に占める割合は一七%くらいだが、班長以上の職制に占める割合は六割程度、課長職では四一%など、技能系職員に対する格差は明らかであると書かれている。

しかし、経営側は、選別によって労働者の意識が低下するのを防ぐ目的で、いろいろ統合する工夫と対応を行っている。著者が「なぜ、このような厳しい労働に耐えつづけていられるのか」と何人かに聞いたところ、真っ先に挙げられたのは賃金の高さであった。一般従業員の給料は記されていないが、二〇〇一年のボーナスは月給五ヶ月分以上であるという。期間従業員には期間満了金というものが存在し、普段の給料は、社会保険料や昼食代を差し引かれると手取り一八万円に満たなかったが、欠勤、遅刻、早退のない場合にはこの期間満了金が魅力で、著者も熱が出たりして休みたいと思ったことが何度もあったが、満了金をもらうため頑張り通したようだ。

会社では、何度かイベントが催された。盆踊り、駅伝大会、焼き肉食べ放題、ソフトボール大会、気がつくと、自らの関心の大半が職場だけになりプライベートな会話も知らず知らずに会社や職場に関するものだけになり、自分が会社にとりこまれていったと書いている。また、彼自身は疲れ切っていて、労働後にそれに参加する気力もほとんど起こらなかったという。トヨタの副会長と工場長の現場視察があり、職場がその準備におおわらわになったことも書かれている。普段の寮生活の様子も書かれ、休日は土日だけ、お盆休みは五日間、国民の休日は休みにならないという。

次に「労働現場のダイナミズム」という章で、職場のコンフリクトが絶えず起こっているという実態が描かれている。これは労働者同士のこともあり、職制に対する抗議とか、その反応、効果などいろいろであるが、要は大多数の労働者が、経営側の論理に従順に浸りきっているのではなく、ときおりいざこざが起こる状況の中で働いているということなのだが、それらの著者の経験が描写されている。残業時間は少ない方がスムーズな労働と普通考えるが、一方、残業時間があまりに少ないと、人数を減らされてしまうので、職制は多めに報告書に書いたり、職場リーダーが「金を稼ぎたいだろ、残業、やってけよ。そうしないと人が減らされ、困るんだ」と本音を洩らしたこともあったという。こういう相互の理解も職場の重要な側面である。また、著者が退社する直前には、職場には一般従業員が九人、期間従業員が九人となり、職場がやや不安定になったことも記されている。これは、職場が絶えず人数を変えている、すなわち作業の量が絶えず変化しているとともに、職場の対応も変化していることを示している。もっとも、こういう現場の調整によって、現場も不満をなんとか内部的なものに限局して、上に影響をもたらさず、会社として破綻に陥らない状況にしているのであろう。現場はあからさまの「抵抗」という形をとらずに、経営側から押し付けられた「状況」を巧みに読み替えることによって不満を解消しているのだと、書かれている。

最後に、短い終章「退社―労働市場と労働現場」が置かれている。現在（二〇〇一年）は空前の買い手市場である。だからトヨタでは、労働者たちはぎりぎりまで不満を自ら抑え込んで働いていると書かれている。期間労働者の多くが北海道から鹿児島までの遠方の土地からの出身で、動機を聞くと、帰っても地元に職がない、と答えたという。著者の同期の六月採用の期間従業員は二九二人、次の九月が二四〇人、期間満了になると、そのほとんどがトヨタから去っていく。労働者の代替は実に容易に行われているのであると述べられている（注一一）。

著者の期間満了の数日前に組付、検査・梱包のグループがそれぞれ送別会を開いてくれた。バスで寮に帰る。バスには三人しか乗っていない。仲間は定時に終わる人はほとんどいないのだ。寮で、一番仲の良かった友達と最後の飲み会を開き、朝六時まで飲み明かし、固い握手をして別れた。こういうのを読むと、どんなところでも、個々の人間は温かいとも感じる。しかし、社会はそういう人たちにも容赦ない。そして、著者は自分の部屋に戻り、朝九時に起きて、駅に足早に向かった。

約三〇〇ページのこの本を読むのは、かなり苦しかった。内容が重苦しいからである。著者は研究者であるからここには触れなかった多くの論文、文献が巻末に載っている。そしてこの本を読んだことで、トヨタの労働現場を一応知ったのであるが、これが、大企業の量産体制の実際かと思うと、何か寒々とした気持ちになった。たぶん、他の大企業でも似たようなことが多いと思う。労働者は確かにいいようにこき使われている。しかし、これは、経営者が悪いというわけでは必ずしもない。むしろ、トヨタは労働者に対してもっとも配慮している会社かもしれない。だからこそ、トヨタの生産方式などとかいって、現代の企業のあり方としてたくさんの研究が行われているのだろう。期間従業員同士で、職場の労働強化を改善するためには「ラインスピードを遅くしてくれるのが、一番の改善だよな」と冗談半分に話したというくだりがあるが、問題は資本主義の激しい競争であるという気がする。豊田喜一郎以下、既に述べた幹部たちが労働者をこき使って自らの利益を追求しようなどと考えたわけではない。彼らは「安価で誰でも利用できる大衆自動車」の製作に情熱を燃やしたのである。それが、大量生産の必要性から流れ作業になり、今日の体制となった。なかでも国際的競争の企業が置かれている時、会社の経営側もこの流れに否応なしに対応せざるを得ない。大きな目から見ると、彼らもこの社会的体制に支配されている駒にすぎないという気もする。

さらには、これは大企業の生産現場の話であるが、実はこの状況は、販売などの営業系ではもっとはるかに激しいストレスと競争にさらされていると思われる。というのは、技術系であれば、相手は機械であり、装置であり、人間が対象ではない。人間間の摩擦は最小の職場といってもよいだろう。ところが営業系の仕事、あるいはサービス系の業種の人たちは人間が相手であり、見知らぬ相手に対して、自らの仕事を売り込んだり新たな契約を勝ち取らなければいけない。彼らの精神的ストレスは遥かに大きいだろう。会社からは一定のノルマを課され、それに追い回されているというのはよく聞く話である。言ってみれば、いろいろな仕事には皆激しい競争原理が働いているのである。その中で、人々は生きがいを感じている面もあるだろうが、苦しく喘いでもいる。これが現代社会の逃れられない構図となっている。

注一、　アクセルペダルに続いてブレーキペダルの不具合で、全米だけでも約七〇〇万台のリコール車が発生した時、章男氏は、アメリカの下院公聴会で、説明を要求された。豊田家社長としては喜一郎以来ずっと機械工学科出身だったのであるが、彼は慶應義塾大学法学部卒業である。学生時代ホッケー部に属し、男子日本代表にもなったが、一九八〇年、モスクワオリンピックでのボイコットにより出場はならなかった。その後アメリカに留学し、MBAを取得している。公聴会の時、質問や説明に対する回答に非難一色であったが、自ら運転好きで今まで二〇〇種類の自動車の運転をしたことがあると答え、会場の雰囲気が好意的なものに変わった、と述べている。新しい試作車には必ず自ら運転をし、ライセンスも取り国際レース（ニュルブルクリンク二四時間レース）にも出たことがあるようだ。『豊田章男の人間力　TOYOTA再出発』（木下隆之著、学研パブリッシング、二〇一〇年）による。

注二、　二〇一七年三月時点で、トヨタの連結従業員数は三六万四四四五人、他の自動車会社では、ホンダが二〇万八三九九人、日産が一四万二九二五人である。他種の会社を含めた従業員数でも一位トヨタ、二位日立、三位パナソニックである。単独の従業員数では、一位JR東日本、二位デンソー、三位三菱UFJフィナンシャルグループ、四位三菱電機であるが、デンソーはトヨタの電気装備の会社である。

注三、　トヨタの歴代社長を見ると、初代利三郎、二代喜一郎、五代英二、六代章一郎、七代達郎、一一代章男と、半数以上が豊田家である。英二は佐吉の弟平吉の子で喜一郎の従兄弟であり、章一郎、達郎は喜一郎の息子である。

注四、　これらの中には、日産の源流である快進社がある。これは大正三年に設立され、支援者であった田健治郎、青山禄郎、竹内明太郎の名前の頭文字D、A、T、を冠してダットサンと命名された。昭和五年小型試作車が完成、翌年、財界の大物と言われた鮎川義助が設立していた戸畑鋳造の子会社になり、昭和九年社名を日産自動車とした。私がアメリカに滞在していた一九八〇年前後は、日産の車（例えばサニー）をアメリカ人がダットサンと話していたのを思い出した。

注五、　石田退三は、愛知県知多半島の造り酒屋で村長を務めた沢田家の六人兄弟の末っ子に生まれた。喜一郎より六歳年上である。父は石田が小学校時代に亡くなり、子供たちは小学校を卒業すると丁稚奉公に出るしかなかった。豊田利三郎の兄である児玉一造がたまたま母の兄が婿入りしていた沢田家に立ち寄り、そこで一五歳の退三に会い、学費がなく進学できないという彼を見て、自分の彦根の家に来いと申し出た。

石田退三氏

退三は児玉家で利三郎と兄弟のように育ち彦根中学を卒業し、そのうち彦根の石田家に婿養子で入った。そして児玉一造の紹介で服部商店に入り、佐吉と出会うことになった。

その後、退三は能力を発揮し、後年、豊田自動織機の社長を務めた。戦後、昭和二二年からの豊田自動織機の激しい労働争議を乗り切り高収益を回復し、豊田の大番頭と言われその後、昭和二五年トヨタ自動車の社長に就任した時は、既に六一歳であった。

注六、部品などの生産に、部署間で、生産数などを記したカードを用い、トヨタではこれを「かんばん」と称したことから、この言葉が流通した。仕掛けかんばんと引き取りかんばんで、生産数の伝達を行うもので、これは終戦後、副社長であった大野耐一が始めたが、基本精神は喜一郎が目指した「ジャスト・イン・タイム」を実践するための方式であるとされる。

注七、私がアメリカ滞在中は、インディアナ大学の技官から安く購入した一〇年以上使った中古のトヨタのカローラを自家用車として運転していた。この車があちらこちら旅行中にいろいろ故障した。夏休みに家族五人で西部のイエローストーン国立公園に行く途中、南ダコタ州のバッドランド国立公園内でガソリンが漏れて、夕刻ようやく出口のレインジャーステーションに辿り着いた時は完全にガス欠状態であった。

そこで、一時間以上待ちレッカー車で牽引されて、六〇マイル離れたウィチタシティーの修理工場に行ってそのまま車を置いていくことになった。親切なレッカー車の運転手が、我々を郊外のテント場に連れて行ってくれてそこで一晩過ごした。翌日私だけ歩いて工場に行ったのだが、「これを補修するにはミリネジが必要で、ここにはない。これからミリネジを作るから、しばらく待ってほしい」と言われたのを思い出す。ようやくそこから昼頃再出発したのだった（自著『心を燃やす時と眺める時』内、「自動車運転の経験」）。

注八、　自著『悠憂の日々』内、「「私の履歴書」読後感」参照。第一集（一九五七年）から第五〇集（一九七四年）まで、読んだ約九〇人の文章の中で、特に印象深かった人たちを中心にして、感想を記述した。

注九、　私が自動車現場についてのイメージとして非常に記憶に残るものとしては、チャールズ・チャップリンの一九三六年の有名な映画「モダン・タイムス」があるが、著書の最後の補論、「日本の自動車工場の労働現場にかんする調査研究の動向 ―「熟練」にかんする議論を中心に―」によると、自動車工場の労働現場については、日本でも一九六〇年代から非常に多くの研究が行われてきたことがわかる。最初が日本人文科学会議編「技術革新の社会的影響」（東京大学出版会、一九六三年）だそうで、さらに、この本書の広告帯に「世界的大企業について語るなら、この本を読んでからだ」と推薦文を書いている社会派ルポライター、鎌田慧氏はその時期、『自動車絶望工場』（現代史出版会、一九七三年）を発表し大きな反響を起こしたようだ。爾来一九九〇年代に至るまで、実にさまざまの著書があり、トヨタは典型として特に記述が多いようである。著者はそれについての解説をしている。

注一〇、　ＱＣとは、Quality Control の略である。製品の品質の管理の手法を示す。小集団による活動の場合ＱＣサークル活動とも呼ばれる。これは製品だけでなく、放射線治療などの場合は、作業の正確性などを目指すための管理を行う場合にも使用される概念である。

注一一、ところがこの状況は著者が退職して数ヶ月後には、大きく変わりそうだという。注で、一二月に知り合いに様子を聞いたところ、二〇〇二年の春は生産量は減少する見通しで、期間従業員は不要となり、三月に満期を迎える期間従業員には期間延長は認められなくなり、社員登用制度もなくなるそうだ、と書かれている。

コンピューター世界の歴史およびゲイツとジョブズ

世の中のツールで、コンピューターほど近年、世界を変えたものはない。ここ数十年、パソコン（パーソナルコンピューター）技術の発達は人々のオフィスでの労働を全く変えた。どこの会社に行っても社員の大部分はデスクトップパソコンと一日中対応しているのが普通であり、営業で外で飛び回っている人たちはノートパソコンを携帯している。またスマートフォンであちらこちらと連絡を取り合っている。渋谷区では、最近、小学生クラスにもパソコンのタブレット端末装置を入れて、教育に利用することになったという。

この業界でのＯＳ（オペレーティング・システム）はＷｉｎｄｏｗｓとＭａｃに二分されていて、私はＷｉｎｄｏｗｓを使用しているが、私達の世代あるいは以降の若い人たちだと、アメリカに留学中にパソコンに親しんだ人たちはＭａｃの愛好者が多い。両者はタイプするキーの各々の位置も異なり、一旦片方に慣れると、そのままどちらかで通すということが普通である。

私のコンピューターの経験というと、大学院での大型計算機を利用する実験データの解析で、ＦＯＲＴＲＡＮというプログラム言語で解析プログラムをもっぱら使用した。「ＦＯＲＴＲＡＮ入門」というマニュアル解説書を一通りマスターして、自らプログラムを書くことを行い、博士論文でのプログラムは約二〇〇〇行のものになり、この当時は、パンチカードに一行ずつ内容をパンチし、そのカードのかなり重い束を二箱に入れて、それを大学にある大型計算機センターに持っていき、受付に提出すると、申し込みの順番を待って機械にかけて計算を行う。数時間ないし、数日後に結果が大きな紙にプリントされて出てくるという具合であった。これは科学技術計算での標準的作業であった。

東京大学では日立製のＨＩＴＡＣが入っていて、一時期毎日のように通っていたが、そのうち需要が多すぎて結果が出るのに数日かかるくらいになり、あまりに能率が悪いので、京都大学の富士通製のＦＡＣＯＭがそれほど混んでいないと聞き、数ヶ月、京都の研究者用の宿舎に泊まって、そこで作業をしたこともあった。就職した東大原子核研究所では、所内の計算機室で作業をした。

アメリカに一九七〇年代後半に数年滞在した時は、当地で行った別のタイプの実験の解析プログラムを、ドイツから時々やってきた理論家と二人で協力し合い製作したが、ここでは、一旦プログラムを計算機センターに登録すると、それに関するプログラムの修正、加筆、データ入力は、研究室のパソコンからリモートで操作を行うことができ、出力も受理できるようになっていて非常に便利になっていた。その頃アメリカでもパソコンは普及していなかった。たぶん、今では、よほどの大型計算は別として、さらに便利になっていると思う。というのは、パソコンの容量が大きくなっていて、たいていの物理学関係などの計算は手元のパソコンでできるであろうから、今の学生や研究者の作業は全く違ったものになっていると想像している。

コンピューターの開発の歴史を調べてみると、例えば、一九三〇年代のイギリスのアラン・チューリングの計算可能性理論があり、彼はその後ドイツの暗号解読に従事した。ジョン・フォン・ノイマンが四五年に提唱したプログラム内蔵型計算機は今日のいわゆるノイマン型計算機としてほとんどの計算機の基本構造となっている。第二次世界大戦直後にペンシルバニア大学で作られたデジタル計算機ＥＮＩＡＣが最初に知られたコンピューターのようだ。その後科学計算用大型コンピューターとしてＩＢＭ

701を始めとしてさまざまのコンピューターが製造された。

一方、パソコンの歴史については、かなり以前に『思想としてのパソコン』(西垣 通著、NTT出版、一九九七年)を読んだ。これは、それまで、大型コンピューターが主流であったのに対して、傍流であったパソコンがどのようにして今日の発展を遂げたかを記述した好著であった。著者は、東大工学部計数工学科卒業で、出版時点では社会科学研究所教授となっている。彼の解説が書かれた序章(六四ページ)がうまくまとめてある(それ以降の一章から七章は、その発展に貢献した七人の論文の翻訳である)。本来、この著書の動機は、現在の発展したコンピューターが、近未来にもたらす情報化社会がどのようなものになっていくか見通すことは甚だ困難である。それは混沌としている。まずはここまでの歴史を振り返ってみようということである。

著者が言うには、メインフレームとも呼ばれる大型コンピューターは体制的に言えば、中央集権型であり、それに対してパソコンは一般市民、個人が持つことができるものを目指しいわばゲリラ型であるという。前者は高価であるから所有するのは官庁、軍、大企業、大学等に限られるのに対し、後者は安いから、皆が持てる。またその後、インターネット、電子メールの普及で、個人が社会的なネットワークに参加でき、コミュニケーションスペースが一挙に広がった。

このようなパソコンに対する考え方を、歴史的にたどってみると、著者は、創始者として、まずアメリカの国防総省の研究開発局の初代局長になってもいるヴァネヴァー・ブッシュを挙げている。一九四五年に彼は「われわれが思考するごとく」という論文(第一章の論文)を出し、その要約は次の如くである。

科学技術がもたらす知識の総量が急速に増加しているのに比べて、それを使いこなす能力があまり伸びていない。だから情報処理・情報蓄積の機能を補強する機械を作ろうと提案した。彼は、自らの元に何千人もの科学技術者を組織化し、軍産科学複合体を作り、そこで大砲の弾道計算や水爆の核融合計算をしたという。軍事に関心があったばかりではなく、科学者が政治に束縛されないようにと、一方で全米科学財団（ＮＳＦ）を提案もした。著者は、ブッシュはタカ派であってリベラル派であり、人間の持つ能力を増大するために努力した点で首尾一貫していたと述べている。

次に、具体的に現在のパソコンの技術の主要要素であるオンライン処理やタイムシェアリング処理に大きな変革をもたらした人として、Ｊ・Ｒ・Ｃ・リックライダーを挙げている。彼は国防総省の情報技術研究部門の長で一九六〇年に「人とコンピューターの共生」を書き（第三章の論文）、情報処理やグラフ作成を機械に任せようとした。そして、六四年に彼の後任となったのが、ＧＵＩ(Graphic User Interface)の創始者であるアイバン・サザランドであった。このように考えると、パソコン技術の初期の基本的概念はいずれもアメリカの軍事関係者で進められたということになる。もっとも、彼らがずっと軍にいたかというと、そうではなく、ブッシュはその前ＭＩＴの副学長で工学部長でもあり、リックライダーはもともと心理学の研究者で、ＭＩＴの准教授であったし、サザランドはそれまでＭＩＴで博士号をとり、リックライダーは退任後、ＭＩＴに戻っている。アメリカでは、多くの大学人が積極的に軍と協力していたということである。

このようにアメリカでは科学者が国の帰趨を危惧して、軍に協力しようとしたのに対し、日本では当時大学の優秀な研究者が軍に関係することはおよそ考えられなかったから、彼我の大いなる差を感じる。

西垣氏は、それ以外に、マウスを発明したダグラス・エンゲルバート（第四章の論文）、のちのインターネット構築に影響を与えたテッド・ネルソン（第五章の論文）、対話型のマンマシン・インターフェースというパソコンの基本モデルを完成し「パソコンの父」と呼ばれているというアラン・ケイなどの事績を紹介している。彼らは軍にはほとんど関係はしなかった。そのあとが、一九七四年インテル社がマイクロプロセッサーを開発し、ついにマイコン（マイクロコンピューター）時代が到来したというわけである。七五年ビル・ゲイツがマイクロソフト社を設立、七七年アップル社が設立された。西垣氏は、さらに八〇年代から九〇年代の人工知能をめぐるテリー・ヴィノグラード（第六章の論文）やマーヴィン・ウィスキーの動き、九〇年代後半のインターネットによる巨大ネットワーク時代にフランスのフィリップ・ケオーのアメリカに追随することをよしとしない「サイバースペースの陥穽」という主張なども紹介している（第七章の論文）。

最後に西垣氏はパソコンの思想は「アメリカのフロンティア精神」であったとし、今後のパソコン・ネットワーク社会の行方について、日本がただそれに追随していいのだろうか、という危惧をも交えて彼の文章を終えている。

私は、世界トップスリーの富豪と言われるマイクロソフト社のビル・ゲイツのことを書いた本、またアップル社のスティーブ・ジョブズのことを書いた本を一冊ずつ読んだのだが、彼らの若くしてのコンピューター・プログラミング、デザインにおける並はずれた創造的才能、激しい競争世界での凄まじい戦闘的精神、そのエネルギッシュな活動は目を瞠る思いがした。特に人間的に尊敬するというようなことはなかったし、羨ましくなるような事実もなかったが、両者とも「才能のある凄い人」という印象は残った。この二人に加えて、インテル社のアンディ・グローブ氏の三人をＰＣ業界の巨人とする向きもある（注一）。

ビル・ゲイツについては『ビル・ゲイツ　立ち止まったらおしまいだ！』（ジャネット・ロウ著、中川美和子訳、ダイヤモンド社、一九九九年）を読んだ。

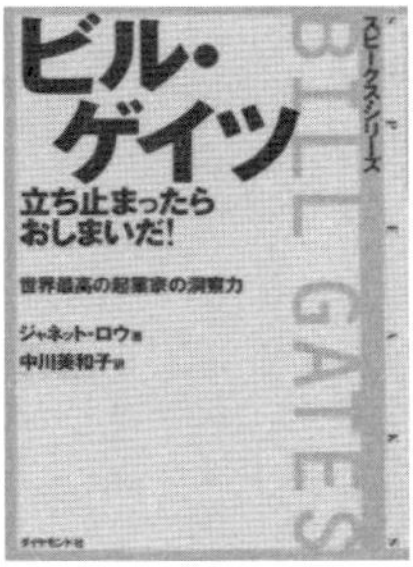

彼は、一九五五年、シアトルの弁護士の家庭に生まれ、地元の進学校レイクサイド校に進みそこでコンピューター端末を知り、その頃からクラブのリーダーになりコンピューターおたくの生活を始めている。それで友達のポール・アレンとアルバイトで稼いでもいる。彼はハーバード大学の応用数学科に進んだが、もっぱらコンピューター室に籠りきりになるような学生だった。ワシントン州立大学に進んだポール・アレンとは、いつも連絡をとり、その後も協力してスタンダード言語となるＢＡＳＩＣを書きあげ、ついには二人で、ソフトウェアの会社「マイクロソフト」を立ち上げ、ゲイツはハーバード大学を中退してしまった。以下、本書には当時コンピューター業界の王者だったＩＢＭとの交渉とか、そこへのソフト、ＭＳ‐ＤＯＳの売り込みが発展の契機になったこととか、さまざまの業界の他会社との競

争の様相が書かれ、ついには彼が世界有数の富豪にまでなったことが記述されている。Ｗｉｎｄｏｗｓの変遷がその成功のキーになったのではないか、という感じがする。彼の家庭生活はごく普通で三八歳で結婚、三人の子供がいる。最近は彼自身はコンピューターの仕事はほとんどせず、巨大な富を運営し、社会福祉的な業務に進んでいるようである。

一方、もう一人のコンピューターの英雄とされているのが、スティーヴ・ジョブズである。彼については『スティーブ・ジョブズ　Ⅰ・Ⅱ』（ウォルター・アイザックソン著、井口耕二訳、講談社、二〇一一年）を読んだ。

彼の若い日の物語は、ゲイツと比べ、はるかに複雑多様で起伏に富んだものである。彼は共にウィスコンシン大学大学院にいたシリア人の父とアメリカ人の母の元に生れたが、親に結婚が許されず、ゲイツと同じく一九五五年に生まれたばかりのスティーブを子供のいなかったサンフランシスコ近郊に住んでいる高校中退の非常に実直な機械工に養子に出し、彼はそのもとで育った。

養父の職業に憧れたジョブズは子供の時から機械いじりが好きだった。またエレクトロニクスを学び電気部品を集めて回路を作るなど、様々の遊び道具を作って友達を吃驚させるようないたずらをするのも大好きだったという。小学校の時に飛び級をしてハイスクールに進み、アルバイトで車を購入し、文学書を読んだりする一方、一五歳でマリファナを吸い始めたり、ベジタリアンになったりした。その後カリフォルニア州立の大学やスタンフォード大学を拒否し、オレゴン州の小規模なリード大学に入学した後、さまざまの宗教を跋渉したり、幻覚剤ＬＳＤの効用と瞑想に魅せられたりする。

しかし彼は退屈な大学を中退し、アルバイトで貯めた金で、東洋思想に憧れてインドで数ヶ月過ごした後、彼を空港で出迎えた両親は、禿髪でインドのローブ姿の息子を見て驚嘆したという。帰国してからは、禅宗の師のもとで修業もした。こういう人間が出て来るというところは、ヒッピーとかカウンターカルチャーという時代の背景もあろうが、アメリカのおよそ日本では考えられない自由奔放さを感じさせる。また、そういう息子を容認し、彼をサポートした真面目な養父母であったのが、幸運でもあった。彼が自分のルーツを知りたいと悩んだこともあったが、彼は養父母のことを考え、終生実父には会わなかった（ジョブズは、三〇歳過ぎに養母が亡くなり、その後、実母と妹には会ったという）。

やがて、一九七七年、二二歳になる直前にかつてのハイスクールの年上の天才肌の電気少年、彼と仲が良くカリフォルニア大学バークレー校を出てヒューレット・パッカード社で働いていたスティーブ・ウォズニアックらとアップル社を法人化し創設した。既にその二年くらい前から、二人はウォズニアックが製造した簡易コンピューター、アップルⅠの販売を開始していた。ウォズニアックは内気な技術屋だったが、ジョブズは企画、販売などの交渉能力にたけていてもっぱら彼が外向けに活躍した。

彼は若い時から、激情的で、口論すると相手を徹底的にやっつけたり、その一方突然泣き出すことも多かったことなど、いろいろな行状が書かれている。また、他社の技術からアイデアを得て、それをポ

リッシュアップさせて、はるかに使いやすいものにすることが上手だった。ゼロックス社でのＧＵＩやマウスを見てそのレベルアップしたものをアップルに取り入れる、といったことなどがそれである。そして一九八〇年、アップルの株式が公開されるとすぐに申し込み超過となり、ジョブズは二五歳で二億五六〇〇万ドルの個人資産を手にしたと書かれている。

その後の彼の事業の攻防、転変がこれまた凄まじい。一九八四年、Ｍａｃ（マッキントッシュ）を製造販売開始、それまでに、そのプロジェクトを開始したラスキンとぶつかり（語源はラスキンの好きだった林檎の一種から取られた）より魅力的なアイデアでそれを乗っ取ってラスキンはアップルを去ったとか、社長に招き入れたスカリーとやがて経営上の問題でぶつかって会長職以外すべての仕事を剥奪されたとか、新しい会社ＮｅＸＴを立ち上げるとともに、八五年アップルに辞表を提出したとか、激しい動きがある。これらはジョブズのデザイン（彼は美的外観に非常にこだわった）やパターンに対する厳しい主張や、独断専行の振る舞いが原因のことが多かったようである。まだ彼は三〇歳前の青年で社内ではしょっちゅう喧嘩が絶えなかったようだし、多くの社員は戦闘的であった。またジョブズは社内外のすべての人間を、優秀な人とクズの人に二分するのが常だったという。当然、常に仕事で、多くの人とぶつかる。しかし、これらの幾多の闘争が彼のカリスマ性を増し、急降下と急上昇を繰り返す人生となった。

やがて、Ｍａｃの売上げが低迷し、自社内のＯＳ開発がうまくいかなくなり、結局アップルはＮｅＸＴ社が開発し、ジョブズが売りこんだＮＥＸＴＳＴＥＰというＯＳを採用することになったのが、九六年末である。アップルはＮｅＸＴを買収することになり、それとともにジョブズは非常勤顧問として一一年ぶりにアップル社に復帰する。

そして彼はすぐに実権を取り戻すべく画策を開始、翌九七年にはすべての役員を味方につけて彼を入れざるを得なかった無能なCEOを引きずり下ろすことに成功した。また役員との議論で筆頭株主であったため、強引な提案をして反対する役員をことごとく辞任させる荒療治にも成功し、彼のお気に入りの人たちを後任に採用したという。そして同年、ゲイツのマイクロソフトと業務提携することを発表した。これはマイクロソフトが開発したMac用のオフィスプログラムとインターネット・エクスプローラーの提供を受けるのが主要点であったという。

九八年には家庭用デスクトップコンピューターのiMacを発表、その斬新さで成功し、これにより、アップルは市場で復活を遂げ、二〇〇〇年には、ジョブズは、それまで多忙を理由に拒否していたCEOに就任した。その後、製品発表のデモンストレーションにはいつも劇的要素を考え、デザインは自分の主張を通し妥協せず、準備段階及びリハーサルでは細かいことでも周りに怒りをぶちまけることが頻繁であったようだ。いわば芸術家気質で理不尽ともいえる独裁者であった。アップルは、二〇〇一年には携帯用音楽プレーヤーであるiPod、二〇〇七年にはスマートフォンの原型であるiPhone、二〇一〇年にはマルチタッチスクリーンのタブレット型コンピューターであるiPadを発売し、いずれも携帯型パソコンとして爆発的に売れて現在の流れを作った。

彼が膵臓がんであると診断されたのは、二〇〇三年だった。当初、西洋医学を嫌い、東洋医学あるいは民間療法で治療を行い手術を長らく受けなかったのだが、九ヶ月後の検査で腫瘍が大きくなっていることがわかり、手術で摘出したとのことである。二〇〇八年には肝臓に転移し、彼が自宅で亡くなったのは、二〇一一年で五六歳であった。以上は仕事中心の記述であるが、私生活でも彼は、二三歳の時に付き合っていた女性を妊娠させ、自分の子ではないと主張し裁判になり、DNA鑑定で敗訴したという問題も起こしていた。彼は他の男ともついたり離れたりするその女と結婚する気にはならなかったが、その後生まれた娘を引き取り高校卒業まで育てたということである。また、他の幾人かの女性と二人で旅行したり生活を共にしたりしている。そして結婚したのは三六歳の時で、以後三人の子供をもうけた。四〇歳代後半でがんになったのは、それまでの人生の公私にわたる激しい生活が尋常でなかったからではないかという気もする。

どちらが、現代の人々の生活により貢献したかというのは意味のないことで、両者はともに現代の人々の行動パターンに巨大な変革をもたらしたといえよう。

注一、　インテル社は「インテグレーテッド・エレクトロニクス」を縮めた名前であって、パソコンの中心機能、マイクロプロセッサーの製作で、一時期ほとんどすべてのPCの心臓部の供給を行った。アンディ・グローブは、そのCEOを長らく務めた。ハンガリー生まれのユダヤ人で、ナチスの時代にアメリカに移住し、アメリカの大学、大学院で学び、博士号もとった。

彼については『アンディ・グローブ　修羅場をつくった経営の巨人　上下』(リチャード・テドロー著、有賀裕子訳、ダイヤモンド社、二〇〇八年)に詳述されている。

第三章　いろいろ

散歩道と最近の生活

最近の私の家での日常は、昼が読書と文章書きである。一週間に一度午前中に、渋谷区の美竹町にあるシニア筋力トレーニング教室に出かける。代々木の家に移ってからだからもう八年くらいになる（注一）。そして一週間に一度か二度、外で異なる友達、知人と飲む機会がある。これは、妻には男の公務であると言っている。「今日も公務なの」と笑われるが、男にとって外の刺激を得ることは絶対に必要なのである。それ以外は全く自由である。渋谷のトレーニング教室に行く時は、ときどき明治神宮の西参道から入り、原宿の表参道に本殿には寄らずに斜めに行く、子供の時からなじみの、人がほとんど通らない近道を行く。明治神宮は学校の美術の授業で行ったり、友達と蝉取りや池でザリ蟹を取ったりと子供の頃から親しみ、正月の参拝や文化の日の神宮大祭、内苑の菖蒲とか、さまざまの時に出かけ、もう歩いていない道はほとんどないくらいである。

明治神宮の風景

これはどこへ行く時もそうなのだが、時間に余裕のある時は何か新しく知ることがあるかもしれないと、できるだけ今まで行ったことのない道を選んで行くので、明治神宮もそうなっているのである。渋谷駅の近く、美竹町の教室までは、明治神宮の中を二〇分、家からだと全部で四〇分くらい歩くことになる。最近はバスで行く方が多くなっている。

図書館に出かけるのが一番多いのだが、渋谷区立中央図書館、渋谷図書館へはバスで行くが、身近の代々木図書館、そして新宿区立の角筈図書館へは歩いて出かける。私は純然たる散歩というのは殆どしたことがないが、歩いて行く時はできるだけ人通りの少ない静かな道を選んでいる。

散歩を文学作品にしたものは、古く明治時代の国木田独歩の『武蔵野』(彼は渋谷に住んでいて、そこは西への武蔵野の起点だった)がある。これは散歩というより、風景の散文といった傾きがあるが、散歩した時の感懐を書いたものには違いない。それは夏の散歩の記述もあるが、主に秋から冬にかけての武蔵野の風景である。渋谷、代々木、角筈などの諸村は、という風に書かれているから、現在とは随分違っている。

大正時代の初期、主に、日本橋、上野、浅草、両国、隅田川辺りの風景を描いた永井荷風の『日和下駄 一名東京散策記』はまさに散歩が主題である最初の作品のようだ。また彼の育った家が小石川にあり、後に父が大臣秘書官になって一時永田町の官舎に移り、また麹町に住んだりしたので、皇居のお堀端、その周辺を描いた個所も多い。西の方では、四谷、赤坂、戸山ヶ原の描写もある(注二)。

各々の節が最初の総説とも言える「日和下駄」に続いて「淫詞」、「樹」、「地図」、「寺」、「水」、「路地」、「閑地」、「崖」、「坂」、「夕陽」とそれぞれ分けてある。

彼は文部省の高級官吏の家に生まれ、自ら働くこともなく、小説などを書いていたが、父が心配し、外国に遊学させて、既にアメリカ三年、フランス一年の生活を経験していた。『あめりか物語』、『ふらんす物語』を出版し、帰国後、他にも小説を書き、それらは発禁処分になったものも少なくなかった。三一歳の時、慶應義塾大学文学部に迎えられて『三田文学』を創刊している。

　彼は、蝙蝠傘を杖に日和下駄を引きずりながら、いつも嘉永版の江戸切絵図を携帯して歩いたようである。昔の地図と引き合わせながらその時の街路を歩き、往時への追憶に耽りつつ、あるいは、数年前に滞在したニューヨーク、パリの街路と比較をして、その情趣を記述した。この作品は、内容が荷風の豊かな古文書、美術資料などの学殖を示していて、比類がない。ある意味で、その後の生活を含めて、荷風は天性の遊び人、あるいは趣味人とも言える気がするが、その時、既に彼は、江戸から東京の激しい変化を感じている。例えば、多くの大名屋敷が、軍隊の土地や建物になっていることなどである。

永井荷風氏

　しかるに、それにもまして現在の東京の変化は凄まじい。静かな散歩道となるようなところはなかなかない。角筈図書館は自動車がひっきりなしの甲州街道を渡らなければならない。最近は、以上の四つの図書館で読みたくなる本が少なくなっているので、内藤町にある新宿区立四谷図書館に歩いて出かけることが多くなっている。

　新宿も新宿御苑そのものは何回か行っていたが、その向こう四谷方向はそんなに行く機会が多くなかった。ここも、新宿駅南口から都立新宿高校までは、自動車と人の波で慌ただしいが、新宿御苑の西の端、新宿門を過ぎると、多くの人が御苑に入って行くのと別れ、その北側に沿って、静かな木立に囲まれた、東西に伸びる長さ五四〇メートルの「玉川上水・内藤新宿分水散歩道」がある。これは御苑の東端の大木戸門まで続き、行き交う人もぐっと少なくて、ここをゆっくり歩くのが非常に快い。

玉川上水は、そこに立てられている解説の看板によれば、江戸の飲料水を確保するために、玉川兄弟の手によって、取水口の多摩川の羽村から四谷大木戸までの四三キロの区間を土を掘り抜いた開渠で作られ、大木戸から江戸市中には、石や木による水道管で水を供給したという。開設が一六五四年で明治三一年(一八九八年)の淀橋浄水場の完成までというから、実に二四〇年余りの長きにわたって働いたことになる。現在のこの散歩道はこの偉業を偲ぶため、新宿御苑の湧水を水源として、人々の散策路にもしようと整備されたものであるという。大木戸門のすぐ先に四谷図書館がある。

玉川上水・内藤新宿分水散歩道

散歩に関しての随筆はいくつかあり、『日本の名随筆』別巻三二には、「散歩」としてまとめられている（作品社、一九九三年）。三五人載っているが、私が印象的であったものは以下の如くであった。

作家の大佛次郎氏は、散歩は目的がない方がよい、と書き、日本の武士の中ではまちによくぶらぶら歩きに出たのは勝海舟であるという。官軍の江戸城総攻めの時に、平和裡に城を明け渡す談判を進めながら、事が破れた時の用意に、いくさになったら官軍の後ろで市中であばれてくれと、魚河岸の血の気の多い連中に話しをつけてあった。そんな他人にできようのない手を打つことができたのも、魚河岸をよく歩いて、土地の連中と親しかったせいらしい。散歩は人間の頭を新しくする。手をあけて目的のない方が本当の散歩なのである。と書いている。

田辺聖子氏の文章は次の如くである。「この街ではただただ息ヌキに遊ぶがよろし、と勇躍、私めはでかけたのデス。この辺は酔っ払いがいたり、近くにドヤ街があったりで、女の子同士でいくと怖いことありませんか、という人もあるが、それはグッチなんか持っていくからとちがいますか。かつ、いかにも外面の美しさがあふれている人は危ないかもしれない。しかし、私などは美しさは内面にしかない、ということになっているので大丈夫である。」とユーモラスに描いている。

池波正太郎氏は、「ジャン・ギャバンがレジオン・ドヌール勲章を授与されたときのパーティーでの言『むずかしいことは、その道の商売人が考えてくれる。人間はね、今日のスープの味がどうだったとか、今日は三時間ばかり、一人きりになって、フラフラ歩いてみようとか……そんな他愛のないことをしながら、自分の商売で食っていければ、それがいちばん、いいんだよ』と、この最後の言葉が、私は大好きである。散歩の醍醐味は、これにつきるのだ。……いずれにせよ、日課の散歩は、それほど楽しいものではない。私の一日のはじまりでもあるし、それはまた、一日の苦痛のはじまりでもあるからだ。私も十三の年に世の中へ出てから、いろいろな職業についたが、小説を書く仕事ほど辛いものはなかった。一年のうちに、『さあ、やるぞ！』と、張り切って机に向える日は、十日もないだろう。」と書いている。

清岡卓行氏は、「堤防の上を歩きながらそう思ったとき、自分の胸に満ちている力強いものがなにであるかを、私は不意に理解した。それは、小説に新しく取り組みたいというはげしい意欲なのだ。奇妙なことに、小説を書きたいという衝動に私がいちばん強くかられるのは、ある小説の仕事をまさに終了したそのあとの束の間である。何回かの経験を通じて、私はその心の動きに慣れていた。」と書いている。

この巻のあとがきで、川本三郎氏は、次のように述べた。

「散歩をはじめて思索の対象としたのはいうまでもなく「日和下駄」を書いた永井荷風である。二十世紀のはじめのこと、東京が次第に近代都市にかわりつつあるときに、見知らぬ町を一人歩くという都市生活者の楽しみごとが生まれたのである。厳密にいえばそれは散歩というより町歩きである。散歩が、顔の見知った人間が住むムラ的社会のなかとすれば、町歩きは、見知らぬ人間の住む町を遊歩する近代の産物である。都市の成立によって交通機関が整備されるだけでなく、群衆のなかの孤独、匿名性・無名性の喜びが発見されていく。ムラ社会的な制約や束縛から逃れて、見知らぬ町で匿名の個人になることの喜び、散歩（町歩き）がひとつの趣味、思索として成立する根底にはそれがある。」とまとめている。

さて、私の夕方から以降、夜の日常はどうだろうか。夕方が一番、集中力の落ちる時間である。夜はまず気分を変えるために日本酒かウィスキーで晩酌をしながら食事をする。食事が終わると、自分の部屋に籠る。なかなか酔いが覚めてこないので、二階の台所でコーヒーを作る。一階にいる妻とは一切別行動である。一〇〇円ショップでのロート紙と買ってきたコーヒーの粉でドリップ、一度に五杯分くらい作って少しずつ飲む。コーヒーは一日五、六杯飲むと健康に非常に良いそうである。私は家にあった『おいしい珈琲の事典　自家製エスプレッソから究極のテイストまで』（成美堂出版、二〇〇三年）というのを持っているが、それはあまり役に立たない。凝り過ぎているからである。本当は珈琲豆からミルで粉にするところから始めるのが香りも良いのだろうが、多少酔っている自分としては面倒くさいから粉からにしている。ブルーマウンテンとかモカ、マンデリンなど名柄はかぎりなくあるが気にしない。ただフランスに二年間いた時、研究所の食堂で昼食後毎日飲んだり、イタリアで味わったエスプレッソ・コーヒーが忘れられないので、かなり濃いめに作る。早く酔いを覚まさないと仕事にとりかかれない。妻は夜にコーヒーを飲むと眠れなくなると言って、夜は飲まない。どうもその点では私はひどく鈍感な体質らしい。

夏場になってくるとプロ野球もどこが優勝するか、テレビ中継で、重要な試合、優勝戦線にからむ試合は、妻と一緒に見る。見ない時は、ほぼ毎日一〇時半過ぎのテレビのスポーツ・ダイジェストをこれも妻と一緒に一五分くらい見る。妻も大のスポーツ好きであって、野球は出て来る選手の出身校などを私がプリントした一二球団の全選手のリストを見て確認する程のファンであり、私と共通している。特に冬のフィギュアスケートは彼女の一番好きなスポーツで、選手権の翌日にあるエキシビションの放映も欠かさず見る。

それがない時はコンピューターについていたゲーム、ＡＩ（Artificial Intelligent）マージャンをひとしきりやる。これはシラフの時はやる気がしないので、いつもホロ酔い時である。私のマージャン歴は小学生以来だから長さだけは相当のものだが、大学、大学院の間、それ以降も定年になるまではほとんどやらなかった。研究にほとんどの精力をつぎ込んだからである。

ＡＩマージャンは一回半チャンで二〇分余り、普通のものは簡単に勝てるので、ここ数年は段位戦で楽しんでいる。一〇級から始まるが、もう初めて七年くらいになるだろうか。初段を二、三ヶ月で通過して、二年半くらい経過した時九段になったのだが、次の名人と九段の間にはとてつもない差があって、三年くらいやってもなかなかそこに到達しない。例えば名人になる条件の一つは連続九回トップになることである。こういう条件はほとんど不可能で、何回かトップを続けても九回に達する前に二位か三位になり、すべてダメになる。九段に昇った時は半チャン二〇回の平均点で三四点が条件でそれをクリアーした（注三）。名人になるには平均点三六点で僅か二点の差なのだが、相手の三人の誰かが一挙に強くなり、二年間くらい毎晩のようにやっていたが平均点は一〇点と二〇点の間を上がったり下がったりでうろうろしていた。平均点が三六点というのは、二〇回半チャンをやって、だいたい一位が七割以上にならないといけないという厳しさである。しかし、三年以上経ってついに名人位に達した。画面には名人認定の表彰状が出てきた。これでおしまいと思っていたのだが、その上に雀聖という位が出てきた。見ると、これは半チャン三〇回で、平均点四〇点となっている。一挙に平均点が四点も上がるというのは想像するだに大変な壁である。これはもう一生続けろということかなと思っている。

その後は映像付きのＹｏｕＴｕｂｅでしばらく歌を聴く。私のＹｏｕＴｕｂｅは「お気に入り」に入れてあってあらゆる音楽があるが、全部で二〇〇曲位入っているので、歌謡曲、応援歌、ギター、バンド、クラシック音楽など、その時の気分で選んで聞いている。

時々、気分転換に、テレビから取ったビデオテープのお気に入りの古い西部劇を見たりする。これは二〇本くらい名作を持っていているが、時には見たかったが見ていない西部劇をビデオ屋で借りて来ることもある。最近はＹｏｕＴｕｂｅに西部劇の名作のハイライト・シーンだけが編集されたダイジェスト版があるのに気付き、いろいろ選んで何度も見たシーンを懲りもせずまた見て気分を変えることが増えてきた。決闘場面は何度見ても、快い緊張感があるのがよい。

それから台所に行き朝昼版の食器を一気に洗う。これは私の毎日の係なのである。また、毎晩遅くなってからゴミを捨てに行く。かつては自宅から五〇メートルほど離れた場所にあったが、今は自宅前となったので、楽になった。これは、曜日によって、可燃ゴミ、不燃ゴミ、資源ゴミと変わるので、買い物でもらうポリ袋にそれぞれ分類して入れているのを袋ごと捨てるのである。翌朝回収車が来るが、車が来る前にゴミを捨てに行くのは時間を気にしなくてはならないので、真夜中に行くのである。これで夜風にふかれたりすると完全に酔いは覚める。妻は別室で、一二時頃には規則正しく寝てしまっている。そして私は再び自室に戻り読書や原稿書きである。

興が乗ってくると、真夜中二時から三時頃まで続くこともある。寝る前に渋い緑茶で、あるいはブラックコーヒーで小さな大福を食べる。妻は「止めなさい。寝る前に甘いものを食べるから、あなたは糖尿病の薬を毎日飲まなくてはいけなくなっているのよ」と言われる。しかし、寝静まった真夜中に一人で大福を食べる幸せ感は日本人としての大いなる喜びであり素晴らしい。

一旦眠ろうと思って布団にもぐりこむが、なかなか寝られないことがある。夜中にいろいろなことを思いつくと、忘れないようにと消したライトをまたつけてメモをとる。ヘーゲルの本などはまじめに読んだこともなく、その気にもならないが、その中に「ミネルヴァ（知恵の女神）のフクロウは黄昏に飛び立つ」と書かれている有名な一節がある（注四）。これの解釈は人により異なるようだが、前の文章の脈絡からいって、哲学は現実の後からできあがっていくというのが、正しいようだ。私の場合は昼間にいろいろ思索したり行動したりした後、夕方は疲れていて殆ど頭が働かないが、フクロウの知識の蒐集の結果の思いつき、すなわち、ささやかな閃きは、周囲が真っ暗になり静かで気分の変わった真夜中に起こることが確かに多い。


翌朝、そういう時はついつい寝坊することもあるが、たいがい七時前には、体内時計で起きてしまう。まずメールをチェックする。メールは結構多いので一日、五回くらいは見ている。応答でかなり時間を使うこともある。

それから一人でベーコン・エッグとサラダを作って、ティーバッグでマグカップ一杯の紅茶を作り、トーストを焼いて紅花マーガリンをつけて朝食をとる。私はもう二五年くらい前から高脂血症なので、注意しているし薬も飲んでいる。紅花マーガリンは低コレステロールであるのでここ十数年間続けている。卵は高コレステロールなので、一日一個以上は食べないと決めている。妻は別室で規則正しく七時半から八時に起床なので、まだ起きてこない。この狭いながらの庭の木の緑を見ながらの一人の朝食が実に清々しい。

終わるとそれから読書や文章書きであるが、昼になると、昼食作りは私の担当（これは、妻が「私が倒れたり入院したりした時に、男が自分でもある程度自活できなくてはいけない」という教えを聞いて私に訓練をする意味で要求したのである）なので、二人分、そば、うどんなどの麺類、時にスパゲッティをたいがい作る。だいたい二〇分くらいでできる。また、ご飯が残っていると、あり合わせの野菜、ひき肉、卵などで混ぜご飯を作ることもある。妻が出かけて昼に一人の時は、冬場はインスタントラーメンを作る。これは加速器を使った原子核物理の研究で二〇代から三〇代に徹夜実験をして以来の習慣で、私の経験ではサッポロ一番塩ラーメンが一番飽きがこない。肉とねぎを入れたり、タンパク質と野菜は必ず入れて栄養バランスをとる。妻はラーメンは脂があって太るからと言って食べない。昼食を食べるとさすがに眠くなる。午睡で一、二時間、目が覚めるとまた読書と文章書き、あるいは講演準備をする。気を引き立てるためにコーヒーを飲みながら頑張る。

一週間に一遍、妻の要求で、スーパーマーケットの安売りデーに食料品を買いに出かける。以前はよく「こんな高いものを買ってきて、男はだめねえ。」と怒られた。「プライス・コンシャスよ。これは、他の店にいけば、もっとずっと安いのに」と言うのだが、こんなちまちましたことばかり考えているから女はだめになるんだ、と内心思うのだが、そういう積み重ねで我が家の貧乏家計は長い間成り立ってきたのだから、表だって文句は言えない。しかし、こういうぶらり歩きは机仕事になりがちな私にとって格好の気分転換にはなっている。

こういう私の内助の功によって、妻は家にあっては、こまごまとした家の整理以外は基本的に夕食を作るだけであり、毎日のように今日は中国語、今日は友達と美術展、あるいは区主催の費用のかからない講演会、手芸教室、紙フラワー、今日は若手の落語会と飛び歩いている。午前と午後とそれぞれ異なる場所に行く時は、おむすびとお茶を作って持っていくので、家での昼の用意はいらない。午前中だけの会から帰ってくると玄関から大きな声で少女のように「ただいま！　おなかすいたぁ。早くして」とくる。私は書きかけの原稿から離れ慌てて二階から降りる。もたもたしていると、「おなかすいたぁ。おなかすいたぁ」と駄だっ子のように歌うように繰り返す。昔の我が子からさんざん言われたことを思い出しているのだろう。実に楽しそうである。それで何とか昼食を作る。彼女は帰ってからは、ミシンで洋服を作ったり、中国語の勉強、読書、テレビの刑事もの、ドラマ、歌舞伎中継と自分の好き勝手なことをして楽しんでいる。

まあ私は、長年家を守り、公務員の安月給で自分の洋服などめったに買わず、手作りの洋服を着てひたすら質実な生活を続け、四人の子供を育てた妻に対するお礼奉公だと考えて、妻が楽しんでくれればよいと、ずっとこの任務を続けている。

一時間半から二時間の講演はここ数年は年一、二回くらい、時に大学での講義を頼まれたりすることも二年くらい前まではあったがもうなくなった。文章を書いたり、講演準備は緊張するし、原稿作りは緻密な頭が要求されるのでどうしても息抜きが必要になる。だから煙草が欠かせない。文章を書かなかったら禁煙はわけないと思う。それが妻にはどうしてもわからない。禁煙をもう数百回も言われているだろうか。

お酒は週に一日は休肝日とするように努めているが、煙草には休煙日というのはない。でも一日に多くても一五本から二〇本で（注四）、外で飲むと多少増えるが今まで胸部検診で問題となったことはない。

注一、　これについては、前著『穏やかな意思で、伸びやかに』で「健康管理と体力の維持」で記述した。

注二、　国木田独歩の『武蔵野』は明治三一年で、二七歳の時であり、『日本の文学』（中央公論社、一九六八年）で見ると、一五ページの短編である。永井荷風の『日和下駄』は大正四年の出版で、三六歳の時であり、五四ページで中編といえようか。

注三、　得点は、二万五〇〇〇点持ちで三万点返し。それから得られた得点が一〇〇〇あたり一点、すなわち四万二〇〇〇点であれば一二点。二万点であればマイナス一〇点等、これに順位点、一位が二〇点、二位が一〇点、三位がマイナス一〇点、四位であればマイナス二〇点が加算される。それとトップ賞としてさらに二〇点がつく。

注四、　ミネルヴァというのは、古代エトルリア人（紀元前八世紀頃からイタリア中部に住んでいた民族だがやがてローマに同化した）によって信仰されていた神々の一つで、知恵・戦争・芸術・学校・商業の神であったという。フクロウはその使者であって、夕方になると飛び立って世の中で一日どういうことが起きたかの情報をかき集め、神に報告をするという役割とされていた。

注五、　いつも一本でタール一ミリグラムであるから一箱吸っても二〇ミリグラムである。昔吸っていた両切りのピースは一本で二四ミリグラムだった。

ことばの力

よく、非常に苦しんでいる人に誰もが何気なく言う「頑張れよ」という励ましのことばは、当人にとってこれ以上残酷なことばはない、という話がある。こんなに苦しんでいるのに、これ以上何を頑張ればいいのか、と本人は感じるというのだ。例えば、重い病気になって明日知れぬ命の入院患者に見舞いに行って、このことばは当人を余計苦しめるだけであるということらしい。もちろん言う人に悪意はなく、元気になって欲しいという真心から出ることばである。言われた経験のない私にはよくわからないが、こんな話を聞くと、ことばというのは難しいものだなという思いがする。

私は、随分以前に、銀座の「相田みつを美術館」になにかのついでに入ったことがあった。たしか数寄屋橋の近くのビル内にあった。館内はやや暗い照明の中で、静かなたたずまいで、相田みつを（以下敬称略）の直筆の文章がいろいろ展示してあった。中にいる来場者はわりあい少なく、落ち着いた空間の内で、皆無言で静かに見ていた。現在は、この美術館は東京駅近くの東京国際フォーラムの中に移転している。

彼のことばの数々は、日めくりのカレンダーのようなものに書かれたものがよくあって、わが家にもいつ手に入れたのかわからないが置いてある。それらのことばはどれも優しさに溢れている。

「苦しいことだって　あるさ人間だもの　まようときだって　あるさ凡夫だもの　あやまちだってあるよ　おれだもの」

「あとじゃ　できねんだよ　なあ　いまのことは　いましかできぬ　いまが大事」
「うばい合えば足らぬ　わけ合えばあまる　うばい合えば憎しみ　わけ合えばやすらぎ　つまずいたって　いいじゃないか　にんげんだもの　いまから　ここから」
「だれにだってあるんだよ　ひとにはいえないくるしみが　だれにだってあるんだよ　ひとにはいえないかなしみが　ただだまっているだけなんだよ　いえばぐちになるから」
「ぐちをこぼしたっていいがな　弱音をはいたっていいがな　人間だもの　たまには涙をみせたっていいがな　生きているんだもの」
「いま　ここにしかない　わたしのいのち　あなたのいのち」

『にんげんだもの』表紙

私は、こんな風に、世の中を眺めて過ごした人もいるんだ、という以上には、長い間、深く考えようとは思わなかったのだが、最近、『ことばに生かされて　相田みつを・人生の応援歌』（相田一人監修、小学館、二〇〇二年）を読んだ。そして、あらためてこの人は非常に宗教的な人だ、と深く感じ入った。

監修者の相田一人氏は、美術館の館長でみつをの長男である。この本には、みつをのことばで苦しい立場から、立ち直った人、あるいは立ち直ろうとしている具体的な一〇人の人たちの逸話が載っている。

まえがきによると、「相田みつを美術館」には来場者に対してアンケート用紙があり、それに書きこんだ人々を尋ねる企画を考え、平成九年三月にＮＨＫ衛星放送・「日曜スペシアル」のこの本の表題と同じ『相田みつを・人生の応援歌―ことばに生かされて』という表題のドキュメンタリー番組で放映されたものと、事情で放映されなかった方々の分も含めてまとめたものとのことであった。

その中には、これ以上ないという悲しい思いをしたような人たちが、みつをのことばで元気を取り戻しつつあるという話が書いてあった。有名大学の大学院で薬学を学び、大手製薬会社に就職し研究員になった息子が突然自殺したその父親の記、阪神・淡路大震災で近くに住んでいた親しい友達や家族を亡くして抜け殻のような日々を送った人の話、結婚した息子が家庭内暴力で暴れていることを知り途方に暮れている親夫婦の話、父親に可愛がられて育った娘が、高校受験近くに、父がくも膜下出血で四九歳で急死、高校受験は合格したが、入学後、亡くなった父を想い鬱病状態になった話、娘が幼い時に高熱になったことがあり、小学校で脳障害であることがわかり自閉症になってしまったり、一晩中発作が続くようになり、夫と離婚することになった女性の話、小学校で無実の罪をきせられ、女教師に執拗に攻められ、その後やけを起こし、暴力事件、覚醒剤取り締まり等で前科九犯、刑務所を行ったり来たりになってしまった青年の話等々。登場する人たちは、大部分仮名であると断ってあるが、最後の第十話は例外で、プロ野球の広島カープで一九八二年、球団初の新人王を獲得し、その後抑えで「炎のストッパー」と言われながら、一九九三年に三二歳の若さで脳腫瘍となり急逝した津田恒美と、一男を授かったもののわずか二年三ヶ月の結婚生活であった妻晃代さんの話になっている。

相田みつをはそもそもどういう人なのか、全く知らなかったのでインターネットで調べてみた。ウィキペディアによると、一九二四年、栃木県足利市に生まれた書家、詩人とある。中学で教官に嫌われ進学を断念、卒業後は歌人を目指し、曹洞宗高福寺の武井哲応と出会い、在家であって禅を学んだ。四三年、書家を志して岩沢渓石に師事、本格的に書の修行に向かった。学歴としては五三年、関東短期大学夜間部国文科卒業とあった。

彼は五四年から毎日書道展に七年連続で入選し、「書」と「詩」の高次元での融合を目指し、独特の書体で、短く平易な自らの作風を確立した、とまとめてあった。八四年、六〇歳の時の出版の詩集『にんげんだもの』（文化出版局）が最初の大ヒット作でミリオンセラーとなり、その後『おかげさん』（ダイヤモンド社、一九八七年）も約二五万部となった。九一年転んで足を骨折し入院中、脳内出血で六七歳で急逝した、と記述されていた。

彼の本に、「あんちゃん、ユキちゃんは、若くして戦争で死んだ二人の兄貴」という文章があったので、気になってさらに調べると、彼は刺繍職人の家に生まれ、六人兄弟の三男であり、二人の兄は、特に次兄は秀才であったが家計を助けるために小学校卒業で金のかかる旧制中学に行かず、その二人のお陰で四人の弟妹たちは中学に行けた。一九三七年、みつをが一三歳の時、日中戦争が勃発、次兄は中国の山西省で戦死、日米開戦で、こんどは長兄がビルマで戦死した。母は気も狂わんばかりになったという。みつを自身も非常な悲しみの中で、大人になっていったことがわかる。

彼の作品である詩や書に対する評価に対しては、詩人の中に肯定する人も激しく否定する人もいて取り方はさまざまらしい。私は書道には鑑識眼はなく、どんな書がいいか、全くよくわからないのだが、彼の書を見ると、素朴さの中に非常に精神性をたたえた書だなあとは思う。彼は、自分の書いたものになかなか満足できず、中には一〇〇〇枚近くの試作を経たものもあったということである。

彼の詩に対する評価としては、いくつかのエッセイを出している評論家の関川夏央氏が書いた『人間晩年図巻』（岩波書店、二〇一六年）に彼に関する「相田みつを 評価に苦しむ作品と人生」という短文が載っていて、その中で以下の二人の人の文章が出ている。書家の岡本光平氏は、対話で「癒しというより、慰藉（いしゃ）かなあ。最初は安心するんだよ。私のこと言ってくれてる、という代弁者なんだ」、「日本人の多くが共有している、救ってくれるという『被救済思想』というのかな、良くも悪くも日本人の甘えの構造。そこを突いたんでしょうねえ。」と。しかし、彼は「芸術なんて相手にせずに、自分のスタイルを作ったというのは圧倒的に評価されることです」と賞讃もしている（岡本光平著『救済のスタイル』）。

また、切通理作氏はもっと分析的で「自己卑下はするけれど、『やっぱり自分が一番かわいい』と認めてみせる相田みつを。それはみんなが一つの目的を持って生きるという「大きな世界」がバラバラになり、それぞれが自己愛的世界を抱えていくしかない時代を表している。刹那的な「いま、ここ」を強調する自己愛の世界という点では、相田みつをと、一九九〇年代以降のJポップの歌詞は共通している」とやや批判的に述べている（切通理作著『嫌いな人のための相田みつを論』）。

関川氏は、最後に、相田みつをのことを「『諦念』というより『現状の追認』あるいは『自己肯定指南』の巨匠」と評している。私はこれらの評論家的言辞は、確かに彼の特質の一端を表しているなあとは思う。彼の感覚には、格別の思想性があるわけではない。

私も、彼のことばを考えても、まずは「こんなことばは気休めでしかない」と思った。こんなことで、社会の矛盾が解決できるならば、心の悩みが氷解するならば、人生は簡単なものだとの思いである。他の人たちの評価でも、特に自分がいわゆるインテリ、いっぱしの知性を持っていると認めているような人ほどそう思っている感じがする。なかば軽蔑していて、まともに考えるのもテレくさくて冷笑している言辞をしばしば見た。人が普通に生活していて、元気でいる時には、彼の言葉など、歯牙にもかけない。まあ、新興宗教の安手の念仏みたいなものだという感覚である。

しかしながら、彼の詩が多くの人に読まれている事実、そして特に先述のような非常なる苦しみに陥った人たちに慰めを与えている、ということを考えると、私は彼のことばがともかく人々に非常に強く訴える力を持っているからこそと思う。

散策中の相田みつを

特に、どうしようもない悲しさ、苦しさに陥った人たちにとって何が救いになるのだろう。考えてみると、人の苦しみにはいろいろある。誰にもあるのが、仕事上の苦しみである。また難病などによる身体上の苦しみも人によって大変なものがあるであろう。しかし、最も大きな苦しみ、悲しみの一つは身近の人、家族などを若くして亡くした人たちではないかと思う。

先述の本では、このような人の物語がいろいろ出ていて、こうなったら本当につらいだろうなあ、とつくづく思う。

それはどうしようもない悲しみで、自分がそういう立場になったら、はたして再び立ち上がれるか、どうするだろう、と考えてしまう。

そういう時に、人間は頼るべきものを求める。仏教やキリスト教の信者であれば、そういう宗教に救いを求めるのであろう。また、そういう既成の宗教でなくても、霊的存在、神とか天とかいう、人間と離れたある種の絶対的存在に縋りたくなるのではないか。


一方、相田みつをは、それとは違って、人間の至らなさをそのまま認めて、自分の内なる心を裸にして語りかけてくる。不条理の世界にも、寄り添う心を持って、人々をやさしく抱擁する。だからこそ、多くの苦しい立場になった人たちが、彼のことばに慰めを見出し、気持ちの整理に活かすことができているのだろう。これは、自分自身、非常に苦しんだ経験を持った人からしか湧き上がってこない境地であろうと思う。

私は、彼に比べても、本に書かれた人たちに対しても、苦労足らずで実に恵まれているなあと感じてしまい、何だか身の置き所に困るといった気分になってしまう。彼のことばで心に残るのは「一生燃焼、一生感動、一生不悟」というもので、前の二つ「一生燃焼」、「一生感動」もいいが、特に「一生不悟」というのが、宗教人になり得ない自分に、これでいいんだ、と共感を覚えた。

最後に、私が、彼の詩で、いいなあと思い、自分もこれから目指したいと思った詩を二つ挙げてみた。

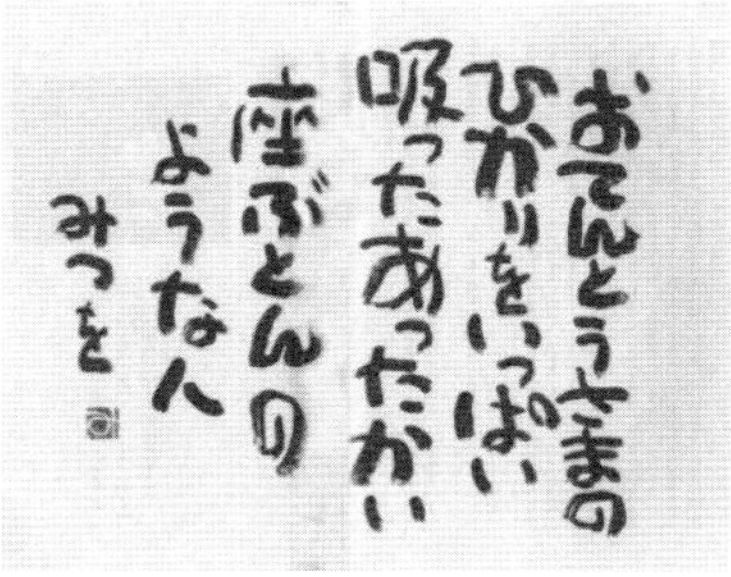
おてんとうさまの
ひかりをいっぱい
吸ったあったかい
座ぶとんの
ようなん
みつを

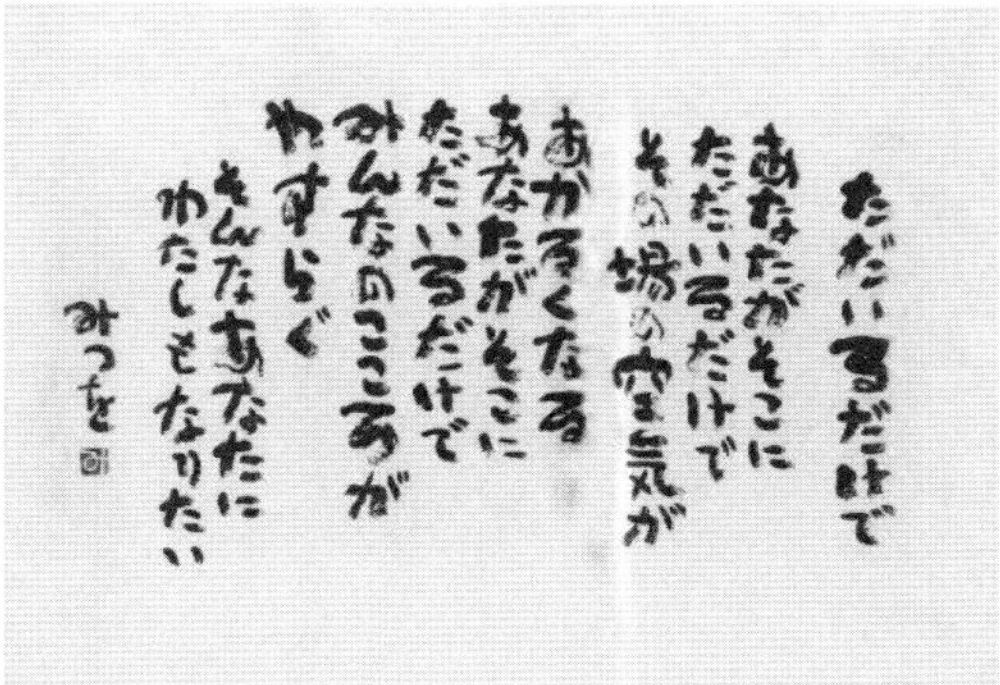
ただいるだけで
あなたがそこに
ただいるだけで
その場の空気が
あかるくなる
あなたがそこに
ただいるだけで
みんなのこころが
やすらぐ
そんなあなたに
わたしもなりたい
みつを

夫婦が共に作家である人たち

一般に、夫婦のことを考えてみると、男が職業人で女は家庭を司るというのが、普通の伝統的な形である。農業や漁業の場合は、多分に家族が一緒になって働くし、個人商店の場合も似ているが、基本的には男が主体になって職業を全うし、女がそれに協力し、かつ家族生活を支えている。最近は、都会でも女性が社会に進出し、若い夫婦は結婚しても共稼ぎであることが普通になってきたが、それでも一家の生計を支えるべきは男であるという意識は変わらない。これは出産、育児という家族の重要な機能が女性によって行われ、たとえ子供がいなくても女性が食事その他の家事生活を支えるという必然があるからである。

ここでは、夫婦生活を営んでいて、なお妻が夫と独立して別の本格的な職業意識で働いている場合を取り上げてみたい。私のような研究者で夫婦で活躍した有名人というと、まず思い出すのは、ピエール・キュリー、マリー・キュリー、あるいはジョリオ・キュリー、イレーヌ・キュリーであり、彼らは研究を共同で行っている。私の周囲でも同じように物理学を志して夫婦になった人は、何人も知っている。若い頃に同じ研究室にいて、親しくなって夫婦になったというのは極めて自然であろう。結婚して女性が研究をやめて家庭婦人になった例も多いが、職場は違っていてもずっと研究者の立場で通した女性も少なからずいる。一方では、やがて夫婦としてはうまくいかず離婚した人もいる。

ただ、こういう職業の仕事は、夫婦の個人生活とは、離れた内容なので、仕事に個人の生活の日常を記すようなこともなく、意識の上では、別であって割り切ることができるが、作家のような職業は、日常の感覚がそのまま仕事に現れやすいので、公私の区別がつきにくいであろう。こういう人たちはどう問題を処しているのか、いくばくかの興味を誘われる。

だいぶ以前に、吉村昭氏の自伝『私の文学漂流』（新潮社、一九九二年）を読んだ。その時は彼の作品を全く読んでいなかったし、細かいことは覚えていないのだが、なにか人間的にかなりの苦労を経た重さのある作家らしいという印象があった。しかし、最近になって、まあ、ここのところ日本の文学作品はほとんど読んでいないが、久しぶりでどんな作品を書いたのか知る意味で一応読んでみるか、という軽い気持ちで、彼が相当年を取ってからの作品集を図書館で見つけて読んでみた。この年になると、あまり若い時の作品など読む気がしない。彼は二〇〇六年に七九歳で亡くなっている。

吉村　昭氏

一冊が『遠い幻影』（文藝春秋、一九九八年）で、二〇ページほどの短編が一二編載っていた。もう一冊は『見えない橋』（文藝春秋、二〇〇二年）で三〇ページから五〇ページの中編小説が七編であった。これは、ともに七〇歳を過ぎてからの、いわば名をなしてからの枯淡の境地での作品群で、いかにも手だれといった感じで、筋もそれぞれ異なるのだが、読み手を引っ張る巧さはさすがベテランの小説家だなと思った。ただ、登場人物のそれぞれの気持ちの瞬間、うつろいを記しているという気持ちなのだろうが、どれもこれも読んで片端から忘れていくようなストーリーではあった。

彼のあとがきの述懐によると、なにを素材にして書くか、一〇日ほど机を前にして考え続ける。それは海で釣り糸を垂れているのに似ていて、終日釣り糸を垂れて座り続けているうちに、魚が泳いできて釣り糸にかかるのだそうである。ただ、後者の最後にあった『夜の道』だけが、例外的に大学時代に大学の機関紙に書いたもので、どこかで載せたいと思っていたとあとがきに書かれていた。

こんなものを数日で読んで、どうということもなかったので、彼をよりよく知る意味で、かなり評価され、ベスト・セラーにもなったという『戦艦武蔵』(新潮文庫、一九七二年、初出、文藝春秋、一九六六年)を読んで見た。

私は、いわゆる第二次世界大戦の戦記物、悲惨な事実を読むのは好きではなく、立派な軍人も数多くいたのは話としては知っているが、普通は敬遠していたし、どうせ最後は呉の海軍工廠で建造された戦艦大和とともに、さしたる成果を発揮することなく、アメリカ軍の爆撃で大海に沈没する運命の戦艦武蔵の建造過程、進水から、最後までを事細かく記述したこの長編作品を読み続けるのは、かなり気の重いことだった。しかし吉村氏を知るために、生存関係者への彼の渾身の取材で成立したこの作品をともかく数日かかって読み終えた。数多くの建設作業者、軍関係者、乗組員の名、戦艦の大きさ、重さ、その他無数と言ってもよい、機能を記した各数値を丹念に記録した作者の地道な執念を強く感じた力作であるとは思った。また、記述の仕方があくまでも感情を抑えた筆致で、かえって事実の重みが心に響いた。

この建造はまだ大戦開始前の一九三八年三月から開始されていて、竣工は四二年八月である。特に長崎の三菱造船所で、海外への漏洩を怖れ、一般人に知られることなく建造を推進するために、軍の上部にしか全体を知らせることなく、秘密裡に建造を進めた事実、外から見られることを怖れた軍部は建設現場全体を骨組みに掛けた高い遮蔽壁を作り、外部から覗かれることなく（これは、呉でも同様であったらしいが、長崎港は周囲に多くの高台があるから大変であった)、何千人という従事者には秘密を守る宣誓書を書かせ作業させたという事実、それらの記述が、全体をこの上もなく陰鬱な重苦しい作品にしていた。工事関係者のみならず、武蔵には多くの乗組員生存者(といっても三三〇〇人のうち、一割にも満たない)がいたのが、作者の詳細な聞きとり調査を可能にして、このような重厚なドキュメンタリー作品ができあがった。そもそも開戦とともに航空爆撃機の優位が世界的に明瞭になりつつあった時期に、時代遅れの大鑑巨砲主義で建設された、二つの巨艦の運命は悲劇的であった。よく知られているように、一九四一年一二月の真珠湾攻撃から半年、破竹の進撃を続けた日本軍が六月のミッドウェーの敗戦からガダルカナル島、ソロモン群島とアメリカ軍が勝利をする頃の四三年一月に武蔵は初めて太平洋に進み、取り囲む多くの戦艦とともにトラック諸島に到着、大和から移された旗艦としての役割を開始、二月山本大将も武蔵に乗り込んだとある。彼が四月に武蔵から前線視察のために飛び立った飛行機がラバウルから帰還する際にブーゲンビル島上空で撃墜された頃から、日本の憂色は一段と濃くなる。この後、驚くことにさしたる戦闘もなしに武蔵は軽微の損傷修理などで四回、南太平洋と日本を往復している。その間、日本軍は、北のアッツ島玉砕に続いて、南太平洋でも、ギルバート諸島、マーシャル群島、トラック諸島など各地が陥落して壊滅状態に陥っていた。

四四年七月、武蔵はレイテ海会戦に参加するべく、日本を発ちボルネオ島のブルネイに到着、そこから北上し、制空権を完全にアメリカ軍に握られ一機の友軍飛行機の援助もないフィリピンの海で、敵機の集中爆撃を受け、魚雷命中で、速度が落ち、他の船に追いつくことができず孤立し、さらなる敵の攻撃にのたうちながら、不沈戦艦の信奉のもと建設されたこの武蔵は沈没した。この武蔵の最後、そして乗組員の描写は、たまらなく悲惨で一刻も早く読み終わりたい、という衝動に駆られた（二〇一五年三月に、アメリカ側が、フィリピンのシブヤン海で戦艦武蔵が海底に沈没していたのを発見し、ほぼ間違いないというニュースが一時期、報道を賑わした）。一方、戦艦大和が鹿児島から沖縄に向かう途中で爆沈したのは四五年四月である。

それらの作品を読んだ上で、前述の自伝『私の文学漂流』を再度読んでみた。吉村氏の生家は東京の日暮里にあって、彼は八男で開成中学に進んだが、在学中に肋膜炎や肺浸潤で欠席がちであったというが、その間に兄の文学書などで随分小説などに親しんだようである。一九四四年母を（この時の複雑な心境が上記の『夜の道』に書かれている）、四五年に父を共にがんで亡くし、予備校生活から四七年旧制学習院高等科に入学、四八年喀血し胸部の肋骨五本の切除という手術を受け中途退学をしている。療養生活を経て五〇年新制の学習院大学に入学、文芸部に所属し、作家を志すようになった。文芸部の委員長となり、短編を発表したりしているが、病気による長期欠席、学費の滞納で五三年三月に大学を除籍となった（その後、追済し中退扱いになった）。三兄の経営する紡績会社に就職し、その年の一一月に文芸部の後輩で短大を卒業した一歳年下の津村節子と結婚した。彼女は幼少時に両親を失い、姉の夫が父親がわりになって育ったという。

結婚の申し込みをした時の記述が印象深い。彼女は、平林たい子などの離婚を見て「女流作家に離婚が多い。私は小説を一生書き続けていくために私は結婚するつもりはない」と言ったのだが、吉村氏は「結婚もし、そして子の親ともなるという女性の生き方を自らに課さずして、果して人間を書くことができるだろうか」と述べたという。彼女は「結婚しても小説は書き続けるが、それでもよいのか」と言い、彼は「たとえ夫であろうと、妻が生涯の仕事と考えているものをはばむ権利はない」と答えた。そんな会話を繰り返してようやく申し出が受け入れられたという。

結婚後すぐに三兄の会社を退職し、長兄の紡績工場の注文取りに仕事を移している。また、やがて次兄に繊維関係の事務局を紹介されて、そこにも移った。彼の場合、歳の離れた兄たちの好意で、失職をせず収入がある程度確保できたのが、作家生活を続けていくのに幸いしたといえる。それでも生活はかつかつで、より安い家賃を求めて何度も転居をくりかえし、質屋通いもしている。発表の場を求めていくつかの同人誌に入会したりして作家活動を続けた。彼らには一男一女の子がいる。

その後、吉村氏は五九年一月、同年七月、六二年一月、同年七月と、四回芥川賞候補になったが、いずれも受賞できなかった。妻の津村節子は三回の直木賞候補、一回の芥川賞候補を経ていた。そうこうしているうちに、六五年に妻が、彼らの売れない作家夫婦の生活の機微を描いた私小説『玩具』でついに芥川賞を受賞した。

受賞のマスコミ対応のあと、夜になって彼は、妻から「あなたも会社勤めをやめて、小説に専心したら。いつも寝言で会社のことをつぶやいているのを聞くのがつらい。今まではあなたの稼ぎで生活していたけれど、私もこれから少しは稼げるようになるだろうから」と言われた。

妻の受賞の祝賀パーティーで、吉村氏は何人もの人から「つらいだろうね」という言葉をかけられたという。夫婦が同じ作家という生活は地獄ということばもあるが、彼はそんな風には思わなかったと述べている。たぶん、それには彼が賞こそ妻に先を越されたが、自分の作品が何度もあと一歩までいき、十分に自分の仕事に自信を持っていたからであろう。賞がどう決まるかは所詮、選考委員の意見であり、その好き嫌いで票が割れることは自らの経験でよく聞き知っている吉村氏だけに、たぶんそれは本音であっただろうと想像できる。

同時期に書いた『戦艦武蔵』が本田秋五氏や平野謙氏に激賞されたこと、そしてやがてほぼ同時に書かれた作品『星への旅』で六六年、彼は三九歳にしてついに太宰治賞を受賞した。その時に、妻が「よかったわ。よかったわ」と何度も涙にくれたということも書かれている。この時の津村節子の気持ちは察するにあまりあり、感動的である。そしてこのことによって、吉村氏は作家として一本立ちすることを決意するところで、この本は終わっている。

最近、読む動機は全く別だったのだが、図書館でふらっと見て読んだ本がある。それは、『加賀乙彦と津村節子の対話　愛する伴侶を失って』（集英社、二〇一三年）という本であった。加賀氏と津村氏は一九二九年と二八年生まれという同世代、先述のように、津村氏の夫である吉村昭氏は、二〇〇六年に亡くなり、加賀氏は妻を二〇〇八年に失っている。医者であって作家でもある加賀氏のことはひとまず置いて、この本を読んで私は津村節子のことをよりよく知った。先述のように、三七年母を亡くし、四四年父が急逝、両親を亡くした彼女は戦争中は女子挺身隊として軍需工場に動員され、終戦後は一生できる仕事を身につけたいと、目黒のドレスメーカー女学院で学び、入間川で姉とともにオーダーメードの洋裁店を開いたという。そのうち、新聞広告で学習院大学短期大学部（現在学習院女子大学）の募集を知り、抑えがたい向学心で、受験、合格し、年下の新入生とともに入学、彼女は新たに文芸部を作った。そこでやはり肺の大手術で同学年生よりずっと年上の四年制大学の文芸部委員長の吉村氏と会った。

彼女が短大を卒業した時、吉村氏は「きみが卒業してしまって、学校に行ってもしょうがない」と言って中退してしまったという（これは津村氏の作品『ふたり旅』による。フィクションであるから多少の虚構もあるかもしれない）。そして一九五三年に二人は結婚した。吉村氏の就職の話は別として、二人は同人誌にひたすら作品を書き、津村氏の話では二人とも一五年書いたという。

一九六六年『星への旅』で吉村氏が太宰治賞をとった時、実は加賀氏の最初の作品が次点であった。彼は文学への出発は、吉村夫妻よりずっと遅く、その時は東京医科歯科大学の助教授になったばかりだったという。この後に、家庭での夫婦の仕事についての二人の会話がある。

加賀「だけど、うちの女房は僕の小説を読まなかった。……朝から晩までバイオリンを弾いたり、音楽を聴いたりしていましたが、僕の小説は読んでいないようでした。読まれないほうがいいけどね」

津村「それはそうですよ、読まれたらたまらないわ。冗談じゃありませんよ（笑）。」

加賀「『読むな』とは言ってないけど、向こうが勝手に読まないでいて助かりました。」

津村「それは暗黙の了解ですよ。うちはお互いに読まないことになっていました。吉村はおそらく私の『玩具』【芥川賞受賞作品】も読んでいないと思います。学生時代は同人雑誌の合評会がありましたから、お互いの作品もちゃんと読んでいたんです。だけど結婚してからは吉村は「おまえはフィクションも書くけど私小説も書くから、俺が読むと思うと書きにくいだろうから読まない」と。口ではそう言っていたけど、本当は読む気がなかったのよ。」
加賀「同業ですから、「読まれたら嫌だな」というお気持ちがわかるのでしょう。」
津村「いいえ、女房の小説を読む時間がもったいなかったんですよ（笑）。あの人の小説は何から何まで取材と資料でしょう。書斎は資料の山ですから。私の小説なんか読んでいる時間なんかありませんよ。」
加賀「でも津村さんのほうはご主人の小説をお読みになる？」
津村「いくつか読んでいます。好きな小説もあります。」
加賀「ああ、そうですか」……「だけど学生のときは文学仲間だったのに、おうちで文学の話もしなかった？」
津村「全然」
加賀「うちも全然（笑）。料理の話とか、音楽の話ですね。」
こんな会話を読むと、夫婦でお互い独立独歩、これだから同業であっても、うまくいったのだとわかる。

最近、私は吉村昭『ひとり旅』（文藝春秋、二〇〇七年）という本を見つけて読んだ。この本は、吉村氏が、七九歳で尊厳死を選んで亡くなった後に、未発表の原稿を津村氏が編集して出版したものである。彼の尊厳死というのは、彼が膵臓がんで膵臓を摘出したが、予後がおもわしくなく、死を覚悟して、彼は自ら点滴の注射を外して亡くなったことを指す。これは家人にとっては突然のことであったらしい。

津村氏が書いたまえがきによると、このエッセイ集の中に「一人旅」という短文があり、それをそのまま『ひとり旅』という題にしたのは、吉村氏が研究家の書いた著書も、公的な文書もそのまま参考にせず、一人で現地に赴き、独自の調査をして、余計なフィクションを加えずあくまでも事実こそ小説であるという創作姿勢が全編に漲っているからである、と述べている（注一）。

彼の遺作のゲラや死後出版される著作物は、彼女が読むことになり、この本もそれぞれ当時のことが思い起こされるつらい仕事になった、物を書く女は最悪の妻と思っていたが、せめてこれが彼にしてやれる最後の私の仕事になった、と書いている。こんな女性を妻にした吉村氏はなんと幸せな男だったのだろうと私は感じた。

津村節子氏

彼女は、芥川賞以外にも、その後、それぞれ別の作品で、女流文学賞、芸術選奨文部大臣賞、恩賜賞・日本芸術院賞を受賞し、一九九七年の吉村氏に続いて二〇〇三年、芸術院会員にもなっている。そこまでは吉村氏も知っていた筈である。また二〇一一年川端康成文学賞を受賞している。ただ、私は彼女の作品の題名を知り、内容の概略などを知ると、いずれの作品もそれほど読みたいとは思わなかった。それは多くが身辺雑記からの女性特有の私小説であるように思えたからである。これは私が男であるからだろう。

同じように、夫婦とも作家という例は、三浦朱門、曽野綾子氏の場合があるが、この夫婦の場合は随分状況が異なる。三浦氏は吉村氏より一歳上で、東京帝国大学の学生時代に国内であるが軍隊にも行っている。戦後、復学し東京大学文学部言語学科を卒業し、ほどなく二六歳で芥川賞候補ともなり、いわゆる「第三の新人」の一人として早くから脚光を浴びた。三〇歳代半ばから既に作家としての収入が、父のツテで就職した日大芸術学部の教員のそれよりはるかに多かったというから、生活の苦労はない。

妻の曽野綾子氏は五歳年下、聖心女子大学を卒業し、結婚後に文壇デビュー、二三歳で芥川賞候補となり、有吉佐和子とともに才女と言われ、この夫婦は若い時から華やかな文学者としての生活が続いた。ずっと女中やお手伝いがいて、曽野氏の母が彼らの一人息子の養育を手伝ったという。

私は三浦朱門というと、かなり昔、同じ「第三の新人」の一人、遠藤周作氏の『ぐうたら愛情学』での文章を思い出す。それは遠藤氏が外国に行くというので親しい友達が歓送会を開いてくれた。その席で酒が進むうちに女性に対する愚痴話となり、三浦氏が「女には精神というものが根本的に欠如しとるんや。生理と本能でしか生きておらんわ」と言った。この時、才媛の誉れ高い曽野綾子氏を妻に持つ氏の発言だから、「えっ」と皆も愕然とした、というくだりである。三浦君にまで女性は欠陥があるといわれれば、うちの家内などはオケラのオケラではないかと思ったという（注二）。これがどこまで事実なのか、あるいは遠藤氏の創作かはわからないが、こういうことは、私たちの飲み会でもよくあることだから、私は事実に近いと思っている。

年を取ってからの三浦氏は中部大学の学長、日本芸術院の院長、文化庁長官にもなった。曽野氏は日本財団の会長などを務め、社会に対する直言派ともいうべき論者としていくつかの評判になった本を書いて二人は常に表舞台で活動してきた。

私は別に三浦朱門というと、七、八年前に随筆を初めて書こうと思った時に、いろいろ読んだ本の一つ、彼の『夫婦は死ぬまで喧嘩するがよし』内での一節の中の言葉を思い出す。それは「家庭を犠牲にするのは一流の人」というものだった。

そこで彼は「父は編集者をしていましたが【イタリア文学の大学教師でもあった】、文学をやる変な人たちがやって来るのを見ておりましたから、おれはああはなりたくない、と思い、ああならなきゃ小説が書けないんだったら、小説なんて一生書くまいと思っていました。文学のためにすべてを犠牲にするなんていうことは考えたことがありません。二流で結構です、という、そういう甲斐性のないところが私にはあるのです。」と述べていた。彼の作品がどのくらいのものか、読んだことがなかったので、インターネットでは「芥川の再来」と言われたという二五歳の時の『冥府山水図』を読んでみたが、中島敦の作品によく似て古い中国の物語であるが、たしかに達者な文章と思った。それ以外は、いまのところ、さらには読む気はしない。彼は二〇一七年に九一歳で亡くなった。

わが家にある『日本の文学』（中央公論社、第七四巻）の曽野綾子氏の年譜を見ると、聖心女子学院に幼稚園から入り、ずっとその学校で大学まで過ごしている。大学卒業の数ヶ月前に結婚したが、彼女の人生は、個人的には非常に狭い世界で生きてきた女性である。幸せな結婚をして、まもなく芥川賞候補になり、それまでの女流作家と違って、近代的な美人のお嬢さん作家と言われ、文学者仲間で人気があったようだ。父が暴力的な人で、父と離婚させ母を引き取ったこと以外、個人的には何らの波乱のない生活をしたように思われる。しかし、そんな中で、若い時からずっと、さまざまな趣向の題材で一ヶ月に一作は書いている。たぶん想像力豊かで感覚の鋭敏な天性のストーリー・テラーであるのだろう。

私は、彼女の文学作品は一人息子のことを書いた『太郎物語 大学編』（新潮文庫、一九七九年）が家にたまたまあって、それしか読んだことがない。また、彼女の人生を考えると、あまり作品を読みたいとは思わない。曽野氏の『愛のために死ねますか』という共著本などは一時期随分評判になったようだが、私は読む気にはならなかった。

むしろ、年を取ってからの、社会的意見を書いたものなどはいくらか読んだ。読書好きの妻が読んでいたものを、ちょっとついでに覗いたという形であった。例えば『バアバちゃんの土地』（新潮文庫、一九九一年）、『自分をまげない勇気と信念の言葉』（ＰＨＰ出版、二〇〇四年）、『老い楽対談』（上坂冬子氏との対談、海竜社、二〇〇九年）、などである。もっぱら自助努力を強調する論調はイギリスで「鉄の女」と言われたサッチャー元首相に似てなかなか気骨のある人という印象がある。

例えば、二番目の本では次のような文章があった。

「私達は自分の喋るべき言葉を失う癖がついた。すべて保身のためである。無難なのは、大多数の人が思うことをオウムのように言うことなのだ。或いはあたかも自分がそう思っているかのように、人の意見を代弁することとなのだ。私は五十年に近い作家生活の中で、ああこの人は自分を失っていないし、勇気があるなあ、と思った人は、たった三、四人に過ぎない。その人達は、信念を持って『世間を向こうに廻して闘う』ことを静かに覚悟していた。しかし、彼らに共通していたのは、狂信的ではなかったこと、破壊的でなかったこと、その誰にもユーモアがあったことだった。……

他人の価値観を鵜呑みにして、どうしておもしろい人生が送れるだろう。また人と同じようなことを言っていて、どうして他人の尊敬を得ることができるだろう。……

いつも希望の代りにしていたのは、小さな、現実的な目標という奴です。目標には必ず困難がつきまといますが、もしかしたら、廻り道して辿りつけない、というものでもありません。しかしそれには希望という言葉の持つ、輝かしさは一切ないと言ってさしつかえありません。大人たちはなぜ、青年達に、この世は信じがたいほど思いのままにならない所なのだということを、きっちりと教え込まないのでしょうか。そして人間は、だれも、そのような不合理な生涯にじっと耐えて―つまりいい加減に―生きているものだということを。……

『ほどほどの悪』の自覚がある人が信用できる。少し悪いことをしたという自覚のある人の方が、自然で、温かくて、人間的にふくよかな気がする。……

デモや平和集会や音楽会で、平和が確立できるものなら、こんな簡単なことはない。教育というものの本質は、実に人間をこの手の甘さから離脱させ、むしろ永遠に答えのない苦しみに人間を参加させることに、最後の悲痛な目的が置かれているようにさえ見える。それは、簡単に口先だけのヒューマニズムで達成できることはない、という冷静な大人の眼を養うことでもある。しかし、現在の日本では、大学の総長でも教授でも、文化人と呼ばれることを自認している知識人でも、この程度のことさえ認識していない人が結構いるから、教育の将来は決して楽観できないのである。……」

私は、彼女がこのように少なくとも自らの頭で考えたことを、周囲におもねることなく率直に述べる点で、好感を持った。

一方、彼女の本音の発言は多くの特に民主派ともいえる批評家などから批判を浴び、かなりの物議を醸したようだ。私は、政治問題、社会問題に対する彼女の個人的発言は、ネットなどでもいくつか（外国人の居住区域の分離、沖縄問題、福島の原発事故、避難民の甘えの指摘等）を知ったが、恵まれた人生を歩んだ人だけに、いわゆる正論的な論旨もあるが、他人の気持ちがわからず不用意な発言が多い人だなとも感じた。ただし、ウィキペディアを始めとしてこういう無記名のネット記事は偏向した無責任なものなので、私としては、人間としての彼女の本当の判断は留保すべきだと思ったが、深く追求する気も起こらなかった。

最近、三浦朱門のいわば老人ものともいうべき何冊かの本を読んだ。『大老年 老いて発見する男の生きがい』（海竜社、一九九五年）、『老人よ、花と散れ 思いのままに生きる』（光文社、一九九八年）、『不老の精神 魂は衰えない』（青萌社、二〇〇九年）である。特に見るほどのことはなく、彼の言うことは、もっともということが、多かった。

三浦朱門・曽野綾子『我が家の内輪話 老い・夫婦・友・死』（世界文化社、二〇一六年）は、彼らがそれぞれ二四の項目についての独立の文章を書いたものである。それらの項目は例えば「政治家」、「食事の好み」、「学歴」、「老いとは」、「生きがい」、「長生きの後始末」といったものである。

もっとも、五歳の年の差か、三浦よりも曽野の方が活発で、意志的発言が目立つ。三浦は夫婦間の意見といったことで多少照れていたからかもしれない。その気持ちは男として何となくわかる。「あとがき」で（これは三浦朱門の死去のあとに書かれた）、曽野綾子が「お互いに相手の作品は、終生読んだことがなかった。私はそれでも「朱門が先に死んだら、書いたものを読み直すかもしれませんけど」程度のことは言っていたが、朱門

はお世辞にもそんなことを言い出しもせず、考えたこともないだろう。だからお互いの作品を比べることもなかったし、気にすることもなかった。私達夫婦としては、別に作家ではなく、ただお互いが「少し幸せでいてくれたらいい」と考えて生きてきたのである。」と書いている。

これは吉村夫妻と全く同じである。二人が夫婦であり作家であるということは、こういう知恵で生きたのだなあ、と少し感慨深いものがあった。

二組の作家夫婦を取り上げたが、しかし、こういう人たちは、ほんの一部の成功者で、それ以外、その数百倍いや数千倍の文学志望の人たちがいるはずだ。彼らは、今や年間四〇〇は存在するというさまざまの文学賞獲得を目指して必死に努力を重ねているのだろう。吉村夫妻、三浦夫妻は、有名になったから、彼らの努力も取り上げられ、私も知ることになったのだが、そういうこともなく文学志望で生みの苦しみに終生喘ぎ、無名のまま生涯を終えた夫婦もたくさんいるに違いない。

注一、　吉村氏は『戦艦武蔵』を書く時は、長崎に何十回と出かけ、一〇〇人近くの人たちに会ったと言う。また長崎の図書館に入り浸って、およそ観光などには見向きもしなかったらしい。そして、これが後の彼の歴史小説を書く時の一貫したスタイルになったようで、『高熱隧道』(黒部ダムの建設)、『陸奥爆沈』、『関東大震災』、『桜田門外の変』、『生麦事件』、『彰義隊』など多くの歴史小説につながった。

以下は、本題とは異なるのでここに記すのであるが、この『ひとり旅』の中に「高さ五〇メートル三陸大津波」（二〇〇四年、読売新聞夕刊）という文章が出ている。以下にその文章を載せておく。

三九年前の昭和四〇年秋、初めて三陸海岸にある田野畑村に旅をした。……その景観が胸にやきついて「星への旅」という小説を書き、それが翌年、太宰治賞を受賞して小説家としての出発点となった。……リアス式海岸の三陸海岸が、日本で最も多く津波が襲来する地だという知識は持っていたが、それらの堤防を眼にして津波の規模が想像を越えた大きさであるのを感じた。……定宿の女主人の、津波の時の経験談……私の胸に動くものがあり、この津波災害史を書いた人はだれもいないことから、徹底的に調査して書いて見ようと思い立った。女川を起点として、気仙沼、山田、宮古、田野畑、久慈、八戸へと一ヶ月近くを費やして旅をした。……これが『三陸海岸大津波』として、文春文庫に収められている。

明治二九年と昭和八年に襲来した津波が最大のもので、三年前に（二〇〇一年）に田野畑村のホテルで講演をした。明治二九年は田老、乙部の被害が最大で、高さ一四・六メートルの津波で三三六戸は一戸残らず流出し、人口一八九五人中、生き残ったのはわずか三六人だった。さらに昭和八年の津波でも、人家四二八戸が流出、死者二九九五人であった。この二回にわたる津波で、三陸海岸では、明治二九年に死者二六三六〇人、昭和八年に二九九五人が命を奪われている。……聴衆の方たちは一様に顔をこわばらせ、会場の窓から見える海におびえた眼を向けていた。

考えてみれば、この講演の時から一〇年後、あの東日本大震災があり、三陸地方は大津波により未曾有の被害を受けることになった。

また、『桜田門外の変』創作ノートより」があり、それに彼の創作態度がよく表れている。これは彼の母校である開成中学での講演であるが、「私は昭和四〇年から八年間戦争の小説を書いたものですから、例えば敵の艦載機が何時何分に飛来したというのが一分違っても誤りになるわけで、そういうのを八年間続けていたものですから、その癖がそのまま歴史小説を書く上でも現われ、ですから史実に忠実に書きたいと思い、それを念願としているのです。それに、史実そのものが私はドラマだと思うのです。変に小説だからといって創作をすると、本当のドラマが消えてゆくのではないかと、そういうふうに私は考えます」とある。

彼は歴史小説にはいろいろな書き方があるとは言っているのであるが、その意味で、彼が一九九七年に「司馬遼太郎賞」を辞退した事実は、自分の作風と司馬氏の作風が異なることで「意味がよくわからない」ということを主張したかったからだと思われる。私はかつて自著『思いつくままに』(二〇一一年)で「司馬遼太郎論」を記述したことがあるのだが、司馬氏の想像力豊かな才能は素晴らしいとは思っているのだが、一方、自著『志気』(二〇〇八年)内の「綱淵謙錠『人物列伝幕末維新史』で論じた綱淵謙錠の硬骨な文章に非常に惹かれることを書いたことがある。私は、吉村氏の精神は、この綱淵氏の精神により近いのではないかと思っている。ただ、こうなると、取り上げる内容が、明るいことは史実に残らないのか、どうしてもシリアスな暗いことが多くなるという性質があり、それが吉村氏の作品が司馬氏のような大衆性を持ち得ない点であるとも思う。

注二、　自著『志気　人生・社会に向かう思索の読書を辿る』(丸善プラネット、二〇〇八年)内、「遠藤周

作　ぐうたら随筆」参照。

天使の歌声

私が小学生の頃に、日本にウィーン少年合唱団がやって来た。東京体育館で歌う時に入場料が格安であったので出かけたことがある。男でもあんなに高い声が出るものなんだと吃驚した。実に美しいボーイソプラノのハーモニーだった。さすがに音楽の都、ウィーンで作られた合唱団だと思った。世界であのような合唱団は他にはないのではないかと思う。後に、男の子が変声期に入ると合唱団を出なくてはならなくなるということを知った。

西洋でこのような少年少女時代から、名をなしているのは私の知る限りでは、まず第一にイギリス人のジュリー・アンドリュースである。ＹｏｕＴｕｂｅで見る事ができるが、一三歳で、ジョージ六世の戴冠式の後か、劇場で多くの大人たちに囲まれてイギリス国歌を独唱している。子供の時から四オクターブという驚くべき声域だったらしい。

もちろん、大人になっていくつかの映画に出て、その美声を発揮している。一番有名なのは、一九六五年のミュージカル映画「サウンド・オブ・ミュージック」であろう。リチャード・ロジャース作曲、オスカー・ハマーシュタイン二世作詞の「ドレミの歌」はあまりに名高い。日本語の歌詞を作ったのが自らも歌ったペギー葉山で、元のドレミと全く異なる歌詞だが、非常にうまく変えたものだと思う。

この物語は、トラップ大佐の一家がオーストリアのザルツブルグからナチスの脅威に追われてスイスに逃げるという事実をバックに物語が展開する。妻を亡くした大佐が規律一点張りの教育をしている子供七人のところに家庭教師に雇われたのが、近くの修道院にいた主人公マリアである。

彼女の朗らかさが子供たちの心をほぐし、すぐに彼らがマリアを慕っていく過程は微笑ましい。やがて大佐とマリアは修道院で結婚式をあげ、人々の前でトラップファミリー合唱団として音楽祭に出るが、大佐にナチスの召集令状が来て、一家はオーストリアからスイスへ逃げるのである。この時も一時的避難に修道院の協力がある。一時閉鎖の国境前で車を乗り捨て、徒歩で山越えをする。

この映画は、マリアの自叙伝に基づいているが、多分に脚色されている。結婚した後、実際はトラップ合唱団は有名になり、ヨーロッパ全域で合唱活動を行ったという。マリアは三人の子供を産んでいて、スイスに脱出する時は、三番目の子を妊娠していたが、やがてイタリアに辿りついた。オーストリアがナチスに併合された時は、アメリカに招聘されて、汽車でスイス、フランス、イギリスからアメリカに渡った。一九四八年、かなり年上だった夫の死の翌年にアメリカの市民権を獲得したという。

アンドリュースは他にも「メリー・ポピンズ」などにも出ている。彼女は一九三五年生まれ、今は高齢だが、若き日の「エーデルワイス」のゆっくりした絶唱をＹｏｕＴｕｂｅで聞くことができる(注一)。

現代に、それに比する天使はといえば、何といってもニュージーランド生まれのヘイリー・ウェステンラであろう。一九八七年生まれ、数年前に結婚しているが少女時代から活躍。「聖しこの夜」、「アヴェ・マリア」、「アメージング・グレース」ほか数々の聖歌、「ダニー・ボーイ」などのアイルランド民謡、「シェナンドア」などのアメリカ民謡など、素晴らしい声である。また、日本の歌では「時代」、「はなみずき」、「白い色は恋人の色」などを翻訳詩で歌っている。

この二人に共通するのは、その声の質であり、何と言ってもその透明感である。こういうものは、天性のものであって、それを磨きあげることによって私たちに至福の時をもたらしてくれる。

また、かなり性格は異なるが、私の好きな歌手は、黒人歌手であるキャスリーン・バトルである。何を歌っても上手だが、特に彼女の「オンブラ・マイ・フ」がいい。これはヘンデル作曲の歌劇「クセルクセス」（紀元前五世紀頃のペルシャの王でギリシャと戦ったが破れた）の中でクセルクセスによって歌われる曲で、意味はイタリア語で「こんな木陰はいままでなかった」の意味だという。名曲なので数多くのクラシック歌手が、男女を問わず歌っているが、とりわけ私が好きなのが、彼女のものである。このキャスリーン・バトルの「オンブラ・マイ・フ」は三〇年くらい前にニッカウヰスキーのＣＭに映像付きで使用されて大評判になった。彼女の息の長い伸びやかな声が素晴らしい。またこの映像の作り方が、彼女の美しさをとことんまで追求し尽くした、と言えるほどで、草原に覆われた山腹を背景にして、風に吹かれる真っ白な衣装を身にまとい、音楽と景色、衣装が一体になっている。

一方、日本ではどうかと言えば、私がまず第一に挙げたくなるのが、小鳩くるみである。「山男のヨーデル」（スイス民謡）、「山のロザリア」（ロシア民謡）、「ローレライ」（ドイツ歌曲）など、いずれもＹｏｕＴｕｂｅで聴くことができるが、実に清純な伸びやかな歌声で魅了する。彼女は幼少の頃、私の住んでいた代々木（現在、私は戻って来たのであるが）に住んでいて、四、五歳の頃から、既に童謡歌手として有名だった。

大人になって、青山学院大学文学部から大学院を経てロンドン大学に留学、イギリスのマザーグース（注二）の研究で目白大学教授であって独身を通しているようだ。日本の歌のアルバム「ふるさと」、「浜辺の歌」、「月の砂漠」、「埴生の宿」、「浜千鳥」、「どこかで春が」、「花の街」など、聞いていてそれぞれ私たちにとってなつかしい。

私は鮫島有美子の「日本の四季を歌う」というCDを持っている。彼女のソプラノの歌いぶりがとても好きである。「朧月夜」、「早春賦」、「花」、「荒城の月」、「からたちの花」、「夏は来ぬ」、「椰子の実」、「夏の思い出」、「赤とんぼ」、「秋の夜」、「小さな秋みつけた」、「冬の夜」、「雪の降る街を」などが入っている。彼女は、東京藝術大学出身、二期会所属だった。以前は日本の歌謡番組にも時々出ていたが、いつも伴奏をしていたピアニストのドイツ人と結婚して、もう六〇歳を超えているが、今はずっとウィーンにいて活躍しているようだ。

佐藤しのぶも素晴らしい。「オンブラ・マイ・フ」、「アーニー・ローリー」、「スコットランドの釣鐘草」などはＹｏｕＴｕｂｅで見られる。私は彼女のデビュー一〇周年のＣＤも持っていて、それには、「ヴィリアの歌」、「オンブラ・マイ・フ」、「庭の千草」、またオペラからのアリアで、ヴェルディの「オテロ」からの「アヴェ・マリア」、「椿姫」からの「さようなら、過ぎ去った日よ」、プッチーニの「蝶々夫人」からの「ある晴れた日に」、また、ミュージカル「回転木馬」の「イフ・アイ・ラブド・ユー」、「ウェストサイド物語」の「サムフェア」など、一四曲が入っている。

この中で私が最も好きな曲が、「オンブラ・マイ・フ」とともにレハール作曲の「ヴィリアの歌」で、これは喜歌劇「メリー・ウィドウ」の中で歌われる。

佐藤しのぶは指揮者と結婚している。鮫島有美子もそうだが、このように、音楽家と結婚するのは、彼女たちを理解もしている夫とともに、仕事も継続できて、いい選択だと思う。

これらの歌手たちの、天性の歌声の良さは、身体が楽器のようになっているのだろう。もちろん、こういう名曲を作詞、作曲したりする人たちは偉大であるが、その偉大さを味わうためには、こういう天使たちが、歌ってくれるからこそであり、それを聴く我々は実に幸せというべきであろう。

注一、「サウンド・オブ・ミュージック」でも何回も歌われているが、「エーデルワイス」はオーストリアの国花である。日本語の歌詞ではそうなっていないが、ドイツ語の歌詞では、最後に **Edelweiß, Edelweiß Ach, ich hab dich so gerne.** とあり、もともとのハマースタイン二世の英語の歌詞では、最後に **Bless my homeland Forever** となり祖国愛の歌詞になっている。

注二、インター-ネットで調べると、マザーグースは、英米を中心に親しまれている英語の伝承童謡の総称だという。著名な童謡は特に一七世紀の大英帝国の植民地化政策によって世界中に広まっていて、数百の種類があるらしい。イギリス発祥のものは「ロンドン橋落ちた」、アメリカ発祥のものは、「メリーさんの羊」などであって、日本で最初に訳したのは北原白秋とあった。

第四章　人物論

雷（いかづち）の艦長、工藤俊作中佐

私は先頃、元自衛官であった恵隆之介著『敵兵を救助せよ』（草思社、二〇〇六年）および『海の武士道』（産経新聞出版、二〇〇八年）を読んだ。そして非常なる感動を持ってこの二冊を読み終えた。以下、この両書の内容および感想を順不同でかいつまんで記したい（注一）。

著者は、二〇〇三年六月、ＮＨＫラジオの朝の番組「ワールドリポート」でロンドン発の以下の話を聞いて強い感動と驚きにとらわれたとある。この直後、著者は自ら取材の計画を立て始めたのだが、折りしも、この取材の中心人物が来日することを知った。

二〇〇三年（平成一五年）秋、八四歳である元イギリス海軍士官、サムエル・フォール卿が初めて日本を訪れた。彼がなぜ日本に来たのか、それは第二次世界大戦中に、彼らイギリス軍兵士四二二人が戦いで自船が爆破され海に身を投げ漂流中に、通りかかった日本の駆逐艦「雷」に全員救助されたお礼を、何としても直接日本に来て告げたかったからだった。氏は戦後、外交官として顕著な業績を挙げ、貴族となるサーの称号を得ていたが、このとき心臓に持病もあり、右足が不自由で移動にも両肩を左右から支えられていたというが、生前に何としてもと来日したのだった。

若い頃のフォール氏（２１歳）

後年になってのフォール氏

時は大戦の初期、まだ日本軍が圧倒的に優勢であった一九四二年二月末から三月で、場所はインドネシアのジャワ島の北、スラバヤ沖で行われた日本海軍と連合艦隊の海戦であった。フォール氏はこのとき中尉で二二歳くらい。スラバヤ沖海戦では英米蘭の連合艦隊一五隻のうち、日本軍が一一隻を撃沈し、英重巡洋艦「エクゼター」、英駆逐艦「エンカウンター」の乗組員四百数十人は三月一日に海に投げ出され一昼夜を経て二日は限界に近い状況だった。そのとき偶然通りかかった「雷」に発見され、彼らは機銃掃射で最期を迎えるものと覚悟した。

英軍の漂流発見後の写真

「雷」に殺到する英軍兵士たち

ところが、「雷」（乗組員二二〇人）の艦長、工藤俊作中佐は、「救助活動中」の国際信号旗を掲げて漂流者全員、すなわち自らの船の乗組員の倍近くのイギリス兵を救助した。救助されたイギリス兵の重油にまみれた衣服を日本水兵が脱がし身体を丁寧に洗い流し、その後衣服、食料を提供した。彼らが落ち着いた後、艦長はイギリス海軍の士官全員を甲板に集め英語で「本日、貴官らは日本帝国海軍の名誉あるゲストである」とスピーチしたという。「雷」は排水量一八八一トン、全長一一八メートル、全幅一〇・三メートルということだったから、甲板は日英水兵ではちきれんばかりだったという。その翌三日、彼ら全員はボルネオ島パンジャルマシン港に停泊中のオランダの病院船に引き渡され、やがてセレベス島のマカッスルのオランダ軍の施設である捕虜収容所に収容され、その後分けられて、フォール氏はセレベスの東岸パマラに移されそこで終戦を迎えたという。

このことに長くそして深く思いを致したフォール氏は、「騎士道(Chivalry)」と題して一文を書き、米海軍の機関紙「プロシーデングス」に投稿した。一九八七年、機関紙は新年号にフォール氏の文を七ページに亘って特集した。これまでにフォール氏は工藤中佐に敬服し、彼の消息を探し続けていたようだが、この時点で、工藤中佐が八年前に他界していたことを知った。また彼は一九九六年自伝「マイ・ラッキー・ライフ」を出版し、その巻頭に「元帝国海軍中佐工藤俊作に捧げる」と銘記していたという。

このように工藤艦長を崇敬してきたフォール氏は、艦長の墓参をし、遺族に感謝の意を伝えたいという積年の思いを遂げるために訪日したのであった。

フォール卿の来日を知って、外務省や海上幕僚本部は、卿を三浦半島沖の相模湾で行われる観艦式に招待した。平成一三年に竣工となった護衛艦「いかづち」(大戦時の「雷」は二代目で、この「いかづち」は四代目とある)はこの艦隊の随伴艦であってフォール卿を迎えることになった。出港前に艦長はフォール卿を士官室に迎え入れ、そこで会談が行われ、その場に、外務省課長や通訳とともに、この本の筆者である恵氏が特別ゲストとして出席したと書いてある。恵氏は護衛艦隊に勤務していたが、昭和五二年に既に退官しており、この時点で四九歳、たぶん数ヶ月前にラジオでことの概要を知り、取材の意欲から特別に同席したのであろう。フォール氏が工藤氏の消息がわからないことに落胆の様子を見せたので、恵氏は別れ際に「海軍の後輩として、万難を排して貴官の願いをかなえておみせします」と卿に告げたという。

その後の恵氏の努力がこの本を成立せしめたのであった（彼は、自衛隊退官後、出身の沖縄で琉球銀行に勤務、また拓殖大学客員教授、八重山日報論説委員長などになり、ジャーナリストとして活躍しているとのことである）。

しかし、フォール氏帰国の時点で、工藤艦長に関して恵氏が把握していたのは、山形県出身、旧制米沢興譲館中学出身、海軍兵学校五一期卒業ということだけだった。五一期でその時点で生存者は一〇二歳の元大佐だけで、恵氏も家族を通して話を聞いたが、それから数ヶ月後に彼は他界した。調査は一時難航の様相だった。

彼は、旧厚生省史料により、「雷」関連生存者を調べ上げ、片っ端から電話をしたという。その結果、士官二人と下士官四人の生存が確認された。この士官の一人、谷川清澄元少佐（海兵六五期、当時中尉で航海長）がこの難作業の糸口を与えてくれた。氏はミッドウェー海戦の直前に「雷」から駆逐艦「嵐」の水雷長として転出し、ミッドウェー海戦にも参加していた。戦後海上自衛隊に入り、海将（中将相当）にまでなった人だった。彼は海軍兵学校の同期で興譲館中学出身で、駆逐艦「野分」の元水雷長であり、戦後米沢財界の有力者になっていた青木厚一元少佐を紹介してくれた。その情報からついに、恵氏は一二月末に谷川氏と埼玉県川口市にある工藤中佐夫妻の墓参を果たした。

このことは、すぐにイギリスにいるフォール卿に知らされ、恵氏は「これで、役目は終わった」と思ったのだが、彼は関係者と会話を交わした感動を抑えがたく、執筆を思い立ったと述べている。
遺族で甥の工藤七郎兵衛氏が七六歳で健在で、会うと「叔父はこんな立派なことをされたのか。生前一切軍務のことは口外しなかった」と落涙した。また救助当時の先任将校（注二）故浅野市郎少佐（海兵六三期、当時大尉で水雷長）の令嬢鈴木民子、元機関長故林清三少佐夫人ツルに伝えた時も「初耳だ。そんな立派なことをしたんですか。本人は生前一切このことについて語らなかった」と感動していたと書かれている。

著者は、以降、工藤俊作艦長の生い立ちから、その生涯を記している。彼は一九〇一年（明治三四年）山形県東置賜（おきたま）郡屋代村に地主の次男として生まれた。幼少の頃、祖父は農民であるが寺子屋で教育を受け、士族に負けないほど博学であった。日清、日露の戦争で、海軍が勝利の決定的要因であったことを知り、長男は家を継がせるが、孫の次男である俊作を何としても海軍に進めたいと思ったというから大したものである。彼は軍歌「勇敢なる水平」や、「上村（かみむら）将軍」を子守歌代りに聞かせた。

この上村彦之丞中将（後大将）は、明治三七年ロシア東洋艦隊の巡洋艦「リューリック」を蔚山（うるさん）沖で撃沈した。その直後ロシア兵六二七人が洋上に漂流するのを見て、上村中将は救助を決断、巡洋艦三隻に命じて全員を救助した。この結果、世界から「日本武士道の実践」と賞讃されたのだという。まるで、後の工藤中佐の行動と全く同じであるのに吃驚する。

工藤は屋代尋常高等小学校から、米沢興譲館中学に入学、この学校は米沢藩の財政を立て直したことで有名な上杉鷹山が一七七一年に藩校として設立した名門校であった。戊辰戦争直後から、漢学教育より理数教育に重点を移し、イギリス人教師を招いて英語教育を開始している。これらは海軍にとって必須の教育でもあった。ここから三人の代表的海軍の軍人が出ている。山下源太郎大将、左近司政三中将、南雲忠一大将であるとのことである（注三）。

工藤は大柄の体躯で柔道が得意であったが、性格は控えめで、海軍兵学校を目指して猛勉強をしたようである。一九二〇年（大正九年）、工藤は憧れの広島県の江田島にある海軍兵学校（注四）に入学する。三〇〇人の合格に対して全国から四〇〇〇人以上の青年が受験した。工藤の場合、入学試験は山形県庁で行われた、とある。

興譲館中学時代の工藤俊作

工藤俊作少尉（１９２５年）

工藤が入学した時の校長は、後に終戦時の首相となった鈴木貫太郎中将であった。入学式での鈴木校長の訓示が全文掲載されている。それを読むと、私がその場にいたら、国家の大業のため……という言葉などに、やはり身の引き締まる思いにとらわれたのではないかと想像できる。

江田島のエピソードもいろいろ書いてあって、私はこれらの本で初めて彼らの生活を知った。例えば、彼らは夏冬の長期休暇以外は、島外への外出を禁止されていた。そこで海軍は周辺の旧家と契約し、生徒が休日に憩いをできるようにしていた。工藤は一九二三年（大正一二年）七月に卒業しているが、卒業式を終えると彼らは練習艦隊に乗船し、三ヶ月の内地巡航、ついで約六ヶ月の遠洋航海を体験させられる。遠洋航海のコースは年によって異なり、地中海、米国、豪州、世界一周コースがあって、五一期は豪州コースであった。これを終えると約半年間、各艦艇に分散乗艦し、工藤の場合、軽巡洋艦「夕張」を経て、大正一三年一〇月に戦艦「長門」の勤務になっている。そして二ヶ月後、晴れて海軍少尉に任官され、その後約一年間「長門」に勤務している。この頃、かつての江田島の校長であった鈴木貫太郎は連合艦隊司令長官を経て海軍軍令部長になっていた。

「長門」を降りた後、水雷学校および砲術学校で普通科課程を履修して、一年後中尉に昇進、昭和二年、二等駆逐艦「椿」乗り組みとなる。

この頃、海軍では、主力艦の建艦比率を米、英、日、一〇、一〇、六とする大正五年のワシントン条約に続く、補助艦艇（巡洋艦、駆逐艦、潜水艦等）（注五）に関しても同様の比率を適用とするロンドン海軍軍縮条約締結（昭和五年）をめぐって部内で分裂していた。主力艦の劣勢比率を補助艦艇で補おうと考えていた日本海軍はもとより世論も紛糾していた。この時の首相は浜口雄幸である。

一方、国際情勢は、日本の満州への進出につれ中国問題が波乱を呼び、一九三一年（昭和六年）九月、関東軍は柳条湖付近の満鉄線路爆破を起こし、以後一五年戦争の開始となった。一一月、浜口首相の狙撃事件、以下、昭和一一年の二・二六事件、昭和一二年には盧溝橋事件等、こういう政治、軍部の動きについては、この本でも詳しく進行状況が書かれているのだが、よく知られたことであるので、ここでは省きたい。

工藤はこの間の、昭和四年一〇月に、故郷の素封家の娘と見合い結婚し、一一月一等駆逐艦「旗風」の航海長となり大尉昇進、翌年軽巡洋艦「多摩」乗り組みから陸に上がり、呉の水雷学校高等科を卒業後、昭和七年一二月、三等駆逐艦「桃」の水雷長、九年一月、駆逐艦「狭霧」の水雷長、一一月、軽巡洋艦「球磨」の水雷長、一〇年には「多摩」の水雷長と経験を重ねていた。そして、昭和一三年三月、三七歳で初めて一等駆逐艦「太刀風」の艦長となったのである。これを約一〇ヶ月務めた後に陸上勤務となって海軍砲術学校で教官を務めている。

昭和一五年一一月、海軍少佐工藤俊作は、三九歳で駆逐艦「雷」の艦長として赴任した。著者はこの時、身長一八五センチ、体重九五キロ、偉丈夫というにふさわしい体格であった、と書いている。温厚な人柄でもあり、皆から工藤大仏と呼ばれていたようだ。日米開戦はそれから一年一ヶ月後になる。

工藤俊作「雷」艦長
（１９４２年）

「雷」は、第一艦隊・第一水雷戦隊第六駆逐隊に属し、それには四隻の駆逐艦が編成されていて、その第二小隊に「電（いなづま）」と「雷」があった。この時「電」の艦長は、兵学校の二期先輩、しかも工藤と同じ興譲館の先輩の勝見基少佐であった。工藤の艦長勤務は「太刀風」以来四隻目であると書いてある。工藤の艦長ぶりは全く型破りのもので、着任の訓示は「本日より、本艦は私的制裁を禁止する。特に鉄拳制裁は厳禁する」というものだった。乗組員は当初工藤を軟弱ではないかと疑いもしたが、工藤は決断力があり上に媚びへつらうことを一切しなかった。辺幅を飾らず、仔細なことにはこせこせせず、酒豪で、何かにつけて宴会を催し、乗組員の人望を一身に浴びるようになり、彼らの士気も日増しに高まっていったという。

昭和一六年一月、「雷」は、軍歌にもなった月月火水木金金の体制での訓練を開始、一月三一日に第一艦隊は有明湾に集結、五月からは宿毛湾、志布志湾を泊地として訓練を開始した。

著者は、一六年一二月八日の開戦前後から、二月一五日のシンガポール陥落までの日本軍の体制、戦績について五一ページ、そしてスラバヤ沖の海戦でイギリス船乗組員の救助までの記述に五四ページ、実に計一〇五ページを費やしている。私の友達でもこういう太平洋戦争の戦記物が大好きでたくさんの本を愛読書として持っている男がいるのだが、私はこれだけ詳細にわたる戦争実録を読んだことはなかったので、実に感嘆してしまった。記録が詳細に残っていたのであろうが、さすがに元自衛官であった著者はものすごく研究調査していて、その記述は詳細を極め、阿川弘之の海軍三部作など、他の作家の作品とは別次元であって、刻々の部隊間の連絡、戦闘状況なども分刻みで記されていて全く異なる迫力のあるものだった。

著者は、この時点で日本の備蓄量は戦時下の兵器や軍需物資生産の需要を勘案すると、半年分に過ぎなかったと述べている。当時わが国の石油年間消費量は約五〇〇万トン、インドネシア方面スマトラ、ジャワ、ボルネオ方面では年間約一一二〇万トンの石油を産出していた。特に、連合側の石油輸入封鎖を受けて南方での石油確保が一番重要と考えられ、陸軍はスマトラ進出を優先し、海軍はボルネオを優先という意見の対立もあったが、東南アジアへの侵攻は、開戦と同時に一挙に進められている。

しかもこの時、国内のマスコミは日米開戦を煽り、民意も次第にそうなっていき、開戦に消極的な海軍に対して国民の怨嗟（えんさ）の声が起こり、海軍は「弱虫」と言われ、海軍省には連日のように、政府関係者、婦人会、青年団が抗議に押し寄せたという。そうなると、海軍内にも「開戦やむなし」の声が大きくなっていった。

開戦当初の真珠湾攻撃はよく知られた事実だが、それ以外に、日本軍は開戦に当たって当初から陸海軍ともに多方面で緊密な連携作戦をとっていた事実を知った。一二月八日、午前〇時開戦だが、午前四時過ぎには早くもマレー半島コタバルに山下奉文率いる陸軍が上陸に成功している。台湾の濃霧で六時間遅れたため発進が一〇時になった第二三航空戦隊（零戦一一〇機、陸攻八〇機等）は午後二時前にフィリピン上空に到着し、その日に敵機三五機撃墜、地上撃破七一機の戦果を挙げた。一〇日に五〇機撃墜、一三日にはもはや米空軍は戦意を喪失し、迎撃に出る機はわずかでたちまち八機が撃墜と、零戦の戦闘能力は圧倒的でこの間味方の損害は八機のみだった。

「雷」を先頭とする第二小隊は、一一月二九日には大分県佐伯湾を出港し、既に香港島沖にいて、ハワイ真珠湾を始めとするこれらの戦果を電信で受け胸躍る思いであったという。一二月一〇日、シンガポール軍港から出撃してきた英国東洋艦隊の主力艦「プリンス・オブ・ウェールズ」、巡洋戦艦「レパルス」は第二二航空戦隊の攻撃を受けてマレー沖で爆発沈没、一方陸軍は一三日九龍半島全土、香港上陸作戦を開始し、二五日香港はイギリスが無条件降伏をして、九九年目にして解放されたとある。これで英軍一万人が捕虜となった（もっとも日本軍の香港占領はその後三年八ヶ月に過ぎず、終戦後、再びイギリスが支配し、最終的に中国に戻ったのは、実に一九九七年であった）。

このような日本の陸海軍の破竹の進撃、戦果が事細かに記述されている。

本二書のクライマックスと言うべきスラバヤ沖海戦の展開はどうであったか。基地のシンガポールが陥落したイギリス海軍はジャワ島スラバヤ港に転進し、ここでＡＢＤＡ（米英蘭豪）艦隊を編成した。ここに英重巡洋艦「エクゼター」と随伴駆逐艦「エンカウンター」の姿があり、日本に戦後来たフォール卿は「エンカウンター」の砲術士官少尉だった。

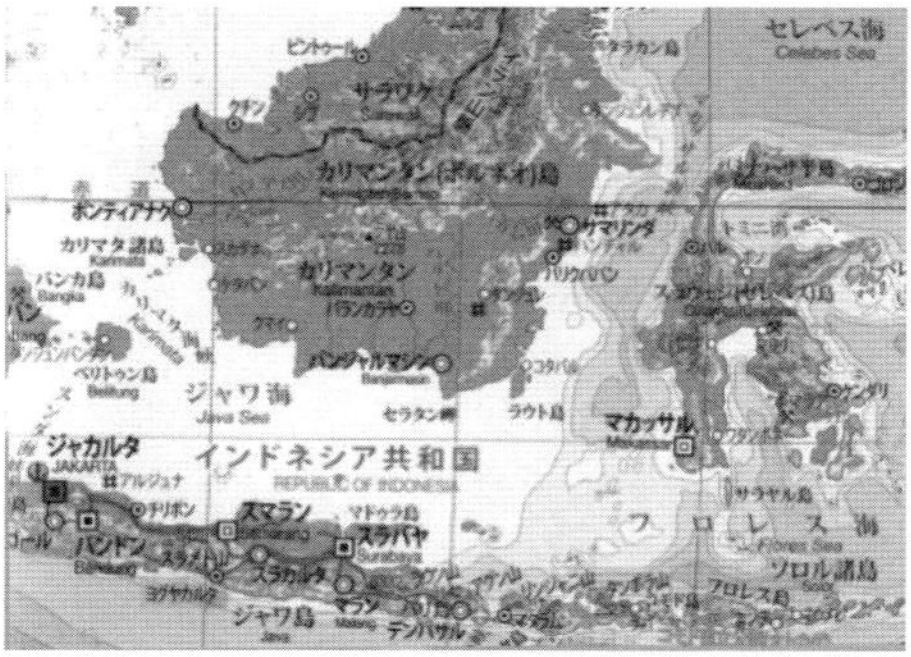

スラバヤ沖とジャワ、ボルネオ、セレベスの３島（現在の地図より）

連合軍は、英重巡一、米重巡一、蘭軽巡二、豪軽巡一。これに英駆逐艦三、米駆逐艦四、蘭駆逐艦二であった。一方、日本軍は、第五船隊が重巡二、駆逐艦四、第二水雷戦隊が軽巡一、駆逐艦四、第四水雷戦隊が軽巡一、駆逐艦六であった。

「雷」の任務は蘭印攻略部隊の主隊、重巡用艦「足柄」あるいは軽巡洋艦「神通」の護衛だった。一月六日、蘭印作戦の拠点であるフィリピン南部ミンダナオ島のダバオに入港。セレベス島の東側メナド、ケンダリを経由して、東方の島々を占拠し、「雷」の属する日本軍はフロレス海を西方に進み二月二五日セレベス島南端に近いマカッサルに入港した。第二小隊のもう一つ、「電」の艦長は、工藤より一期後輩の、海兵五二期の竹内一少佐であった。

本格的戦闘は、二月二七日午後五時四七分に生起する。六時三〇分頃、英重巡洋艦「エクゼター」が被弾し、蘭駆逐艦「コルテノール」に魚雷が命中し轟沈した。英駆逐艦「エンカウンター」は被弾した「エクゼター」を護衛し、「コルテノール」の乗組員一一五名を救助してスラバヤに帰投した（こうして三月二日、日本輸送船団はジャワ東部クラガンに達し、午前四時上陸を完了している）。

二月二八日午後六時、応急修理を終えた「エクゼター」は「エンカウンター」と米駆逐艦「ポープ」を護衛につけて、スマトラ島とジャワ島の間にあるスンダ海峡からインド洋のコロンボに向けて、逃亡を図った。ところが三月一日、日本軍の索敵機がこれを発見、午前一一時四〇分には日本軍主隊の「足柄」と「妙高」が艦隊の西方に到達し、駆逐艦「曙」と「雷」とともに進路を絶った。それで連合軍艦隊は進路を東に変える。南東側は第五船隊の重巡洋艦「那智」と「羽黒」それに駆逐艦「山風」、「江風」が控え、双方に挟撃されることになった。駆逐艦「電」が距離一万五〇〇〇メートルに接近、水雷攻撃を行い、指揮官旗を翻す重巡洋艦「エクゼター」に集中し、「エクゼター」は航行不能になった。この海戦で「足柄」と「妙高」は主砲を合計一一七一発発射し、「那智」と「羽黒」は二八八発発射し、特に後者の残弾はゼロとなっていた、という記述もある。

やがて日本軍は降伏勧告を行ったが、「エクゼター」は降伏せず、艦長は自沈作業を開始し、「わが艦を放棄、各自適宜行動せよ」と命令を発し、乗組員は次々と海中に飛び込み、日本艦隊に向けて泳ぎ始めたとある。これは日本軍にとって全く予想外の光景だった。「エンカウンター」は三〇分後の午後二時頃「足柄」と「妙高」の主砲によって撃沈された。この艦でも、艦長は「総員離艦」の命令を下した。

一方、この日「雷」は「電」と交代でパンジェルマシンで「あけぼの丸」から燃料、糧食の補給を受け、午前八時に出港、主隊と合流すべく西南西方向に航行し、午後一時頃、主隊から「敵艦隊とまもなく交戦」の信号を受け、午後五時頃、戦闘現場付近に到着したが、重油らしきものが流れているだけで人影はなかった。「雷」は一旦ボルネオ島南西のベリトゥン島に向けて航行したのだが、三月二日午前二時頃パンジェルマシン近くの主隊に合同するためそこから反転し、後一一二海里航走した地点で、見張りの固定一二センチ双眼望遠鏡に「エクゼター」と「エンカウンター」の乗組員が映った。

これが、「雷」からの遭難者の発見、英軍救出劇につながる端緒だったのだが、これが実に八キロの遠距離においての「漂流物あり」との報告から始まった。この直後、先任将校の浅野大尉が助けたいというニュアンスを込めて工藤に「助けましょうか」と尋ねるように意見具申した。この時工藤の脳裏をよぎったのは幼い頃、祖父母がよく歌っていた「上村将軍」であったという。

午前一〇時、工藤は「救助」と叫び、「取り舵いっぱい」と命令、艦を大きく左に転舵、敵漂流者集団の最前方に艦首を向けた。これまでに「エンカウンター」の乗組員は二一時間漂流していた。以後、本節、はじめに記述した情景につながる。この時の日本、イギリス双方の兵士の行動も事細かに記述され、「右舷、舷梯下ろせ、急げ」から始まる現場指揮を任された浅野大尉の「手空き総員、ロープ、竹竿を両舷に出せ」の必死の声。「上がれ！」と怒鳴り、縄梯子を出すが最初は誰も上がろうとしなかった。敵側からロープを送れの手信号があり、最初に怪我をした「エクゼター」副長の中佐が、ロープを巻き付けられて上がってきた。それに続いて「エクゼター」艦長、「エンカウンター」艦長が上がってきた。その後英軍兵士は「雷」にわれ先に殺到してきたという。しかし、一方力尽きた英軍兵士がロープを握る力もなく水面下に沈んでいった。これを見た日本水兵は独断で海へ飛び込み、彼を救助しようとし、続いて二、三人が飛び込んだという。もうここまで来たら敵も味方もなかった。日本兵士が負傷者を優先した英軍の紳士的態度に感銘したことも書かれている。救われた英軍兵士は甲板上で日本軍の手厚い看護を受けたのは、先に記した通りである。

浅野市郎大尉

谷川清澄中尉

このような行動は、いかなる思想に基づいたものであろうか。一九二九年（昭和四年）ジュネーブで捕虜の処遇に関する国際条約が討議され、「捕虜の待遇に関する条約」、「傷者および病者の状態の改善に関する条約」と分かれ、日本は後者には批准したのだが、前者には批准しなかった。一方、昭和一六年一月、陸軍大臣東條英樹の名において、「戦陣訓」が陸軍将兵に通達された。それには有名な「生きて虜囚の辱めを受けず」と書かれていたのである（注六）。日本では、何人もの兵士が玉砕、または自決し、サイパンでは、婦女を含めて、絶壁から万歳を称えながら身を投げた。それにひきかえ連合軍は武運つたなく敗れて捕虜になっても悪びれてはいなかったと思われる。

開戦から半年、昭和一七年五月末までに、フィリピン、マレー半島、蘭領東インドでの連合軍捕虜は合計二三万人にもなっていた。これはこの方面の日本陸軍の兵士数二四万人に匹敵する。

第二小隊「電」の場合どうだったか。既述のように三月一日、「エクゼター」を沈没せしめた後、竹内艦長は、状況を発信し救助の許可を仰ぎ「敵兵を救助すべし」という第三艦隊司令長官の命令で、彼ら乗組員三七六人を救助している。著者はこの活動で救助された元イギリス海軍士官二人にインタビューしている。戦艦「プリンス・オブ・ウェールズ」沈没後、「エクゼター」に配置されたグレム・アレン氏とピーター・アンソン卿（戦後英軍海軍で活躍し少将で退役）である。但し「電」に救助された敵兵は沈没直後であったため重油に汚染されていなかった。

「電」に比べて「雷」の話が有名になったのは、やはり「雷」が単独の艦長の判断だったことと、フォール氏の来日があったからであろう。

話はその後の「雷」に移る。ジャワ方面連合軍総指揮官は、三月九日、全軍に停船命令を発し降伏した。そして「雷」は艦隊とともに内地へ向かい二六日午後に呉に入港した。その後、谷川清澄元少佐は「雷」の航海長から、最新鋭駆逐艦「嵐」の水雷長に転出し、六月六日に開始されたミッドウェー海戦に参戦、戦後まで生き残ったのは先述の通りである。

一方、この時期日本の軍令部は、アメリカが北方のソ連基地を借用して日本攻撃を計るというシナリオを恐れ、アリューシャン作戦を考え、「雷」は第五艦隊の指揮下に入り第六駆逐隊として北方作戦に参加した。五月二〇日、「雷」は青森県大湊に入港。三一日、アッツ・キスカ攻略作戦に従事、六月七日、キスカ島占領。米軍潜水艦の雷撃を受けたが「雷」には一発も当たらなかったという。しかし、肌寒い北方の戦いに四一歳の工藤の疲労は大きく相当身体を衰弱させた。この時に帰投した写真を見ると六〇歳代に見えると著者は述べている。

八月三一日、工藤は第六駆逐隊司令駆逐艦「響」艦長に就任する。「雷」艦長後任は、五六期の前田実穂少佐となった。前田艦長は、工藤と違って統率力のない男で、部下の信頼も得られず、浅野先任将校は、間で随分苦労したという。

工藤は一一月に中佐に進級し、トラック島へ航空機を輸送する空母の護衛で、「響」は三往復し、無事任務は果たしたのだが、彼の身体は大きく衰弱し、同期が人事局に進言し、一二月一〇日に横須賀鎮守府に転出となり、彼の艦船勤務は終わった。同僚が回想するに「おおらかで温和な性格のクセに、工藤は、ことさら機敏果敢な戦術行動が本領の水雷屋の道を選んだ。そのせいか随分ムリもあったらしく、海軍生活の後半は病身がちのようだった」とある。

その後「雷」はガダルカナル攻防戦に参加し、その後、一一月に、前田艦長の横暴に抵抗し、部下をかばい続けた浅野大尉（少佐になっていた）はラバウルで軽巡洋艦「川内」の水雷長に転出した。昭和一八年二月、大本営はガダルカナル島からの撤退を決定した。ここから大きく話を飛ばすが、昭和一九年四月、サイパン島から出港した「山陽丸」の護衛を命じられた「雷」は米潜水艦の魚雷攻撃を受け、撃沈され全員二五一人生存者はなく、日本海軍の中で「全員戦死」と認定された七隻のうちの一つとなったという。第二小隊の「電」もその一ヶ月後に沈没した。この間の記述、そして終戦に至るまでの経緯もいろいろ書いてあるが省略しよう。

終戦後、工藤は山形県米沢の近く高畠の妻の実家にいて、ひっそりと暮らし、苗木の世話をして収入を得ていた。時々故郷の屋代村の兄を自転車で訪ねる時、途中村人たちは、この寡黙な軍人を眺め、農作業の手を休めて頭を下げていた、と書かれている。昭和二六年、サンフランシスコ講和条約となり、公職追放も解除され軍人恩給も復活した。

昭和三〇年、子供のいなかった工藤夫妻は埼玉県川口市に転居、夫人の姪の医院で、工藤は事務、夫人は入院患者の賄い婦としての生活が始まったとある。工藤は付近の少年たちに英語と数学を教えたり、かつての同期や部下の訪問を楽しみにする生活を送った。昭和五二年暮れに、胃がんを患っていることが

1960年頃、川口市の自宅の庭で

判明し、入退院を繰り返して、五四年一月に七八歳の生涯を静かに閉じた。

これにはさらに後日談がある。『海の武士道』の「あとがき」で恵氏は、「今年（二〇〇八年）一二月七日、フォール卿は念願叶って工藤中佐の墓参を果たす。泉下の工藤中佐夫妻、「雷」全乗員たちは、これを万雷の拍手をもって迎えることであろう」と書いている。実際、この記述の通り、その日にフォール卿は車椅子の身で川口市薬林寺の工藤夫妻の墓地を訪ね、長年の思いを実現した（この雷による救出は劇仕立てでＹｏｕＴｕｂｅで見ることができる。その中のフォール卿の来訪だけは実録の映像のように思われる。彼はその五年後、二〇一四年二月に死去した）。

私は以上の物語を読んでさまざまのことを思った。一つは何と言っても、我々の時代は幸せな時代で戦争に巻き込まれないで済んでいることである。内政でいかほどのことがあっても、日本は平和な時代である。

次に考えたのは、あの時代、戦争で敵味方が直接邂逅し、相互の顔を見ることが頻繁であった。この本でも日英の兵士が敵味方でありながら、お互いに相手の立派な態度に感銘を受けている。つまり、い

かに戦争といえども、相互に相手を思いやる人間性を発揮することがあった。

一口に武士道といっても、それはいろいろな要素を含む。西洋の騎士道の方が、より単純な感じだが、日本の場合、封建制度と相まって、複雑である。新渡戸稲造の「武士道」には、名誉を重んじることを始め、いくつかの徳目があるが、なかでも特に忠義を強調していることに特徴があると述べている。これが、大戦でも多くの軍人、国民に至るまでの意識を強く規定していた。「申し訳ない」と自決した国家的指導者にしても、それは国民を敗北に至らしめ、軍隊を始め若い命を散らしたことに対する責任というよりも、天皇に対しての「申し訳ない」であった人が多かったのではないかと思う。

ここでいう『海の武士道』はそれとは全く関係なく、より普遍的な、相手を尊重するということであろうし、それが特に戦争という敵味方に分かれた間でも発揮された、というところに感動的話が成立したのであろう。

それにしても、戦後、自分の戦争経験を一切語らなかった工藤、浅野氏の二人、谷川氏も当初著者のインタビューになかなか語ろうとしなかった、とあり、そういう彼らの気持ちには何があったのだろうか。「もうあの頃のことは思い出したくもない」という言葉は、私もかつて従軍した身近の人から聞いたことがある。私は、多分彼らが多くの英軍兵士を救ったという事実よりは、かつての部下「雷」の乗組員のほとんどが散華したという事実の方が、はるかに重かったのではないかと想像する。

現在、そして未来の戦争において、このようなヒューマニズムの入る余地はほとんどないであろう。多分、戦争の非人間的、無機質な攻撃の端緒は、東京その他の大都市の米軍B二九爆撃機による無差別爆撃（のべ三万三〇四一機とある）から始まっているのかもしれない。そして原爆投下である。現在の戦争はそれが進んで、内戦などでゲリラが遠く敵の顔を見ることはあっても、相手の表情までとらえることはまずめったになく、遠隔操作により、ボタンを押すこと一つで相互に爆撃を行うことが可能な時代になっている。将来は戦争がもっぱら無人機で行われるかもしれない。

注一、　この両書の内容は、基本的に同じである。なぜ僅か二年の間をおいて著者が二冊の本を書いたかは、二冊目の「まえがき」にその理由が述べてある。それは『敵兵を救助せよ』が版を重ねることができて、著者はさらに関係者から多くの資料が寄せられ、欧米の在留邦人会からは英語版出版の要望が相次いだ。著者は増補加筆の必要があると思っていたのだが、『敵兵を救助せよ』の版元である草思社が二〇〇八年一月に民事再生法の適用を申請し、このため同社からの増補版出版が不可能になってしまった。著者は落胆していたのだが、幸い産経新聞出版がこの出版を引き受けてくれたという。私は主として『敵兵を救助せよ』を元にして、文章を書いたが、『海の武士道』は、国際的視点も含まれ、前書にない後日談も語られているので、両者を含めての内容にした。

注二、　駆逐艦や潜水艦のように、副長が置かれない場合、艦長の次席の将校。水雷長、砲術長、航海長などの経験者で、先任であった者を称した。工藤はこの浅野に救助全般の指揮をとらせたという。浅野氏は戦後、愛知県議会の議長を務めたとのこと。

注三、　山下源太郎は、日露戦争の時の大本営参謀であり、第一次世界大戦後ややあっての一九一八年（大正七年）には連合艦隊司令長官になっている。左近司政三は山下の後継と目されたが、海軍建艦制限に関するワシントン条約に続く一九三〇年のロンドン軍縮条約で英米協調、条約締結に尽力したこと（条約派）で、対米英強硬派の艦隊派から批判、忌避され予備役に編入された。しかし、終戦直後、鈴木貫太郎内閣で国務大臣を務め、終戦受け入れに尽力した。

南雲忠一はミッドウェー海戦の艦隊司令長官で有名であるが、後にサイパンの戦いの折り自決した。

注四、　呉市から約五キロ離れた離島で、海軍士官候補生を教育した。一八八一年（明治二一年）に、それまで東京築地にあった海軍兵学寮の校舎から、呉鎮守府に近い江田島に移転した。当時、イギリスのダートマス、アメリカのアナポリスと並んで世界の三大海軍兵学校と目されていたという。昭和二〇年、廃校となったが、この間、七八期、合計約一万四〇〇〇人の海軍士官を育成し、終戦までに四人の総理大臣を出した。岡田啓介、斎藤實、米内光政、鈴木貫太郎である。兵学寮時代の山本権兵衛、加藤友三郎を含めれば海軍出身首相は六人となる。

現在は、同地に海上自衛隊の第一術科学校および幹部候補生学校がある。

注五、　巡洋艦（cruiser）とか、駆逐艦（destroyer）の定義は、時代とともに進歩、変容しているので、簡単ではないようだ。第二次世界大戦当時は、巡洋艦は遠洋航海能力があり速度も速く、大砲を主武器として攻撃力のある軍艦を言い、駆逐艦は魚雷を主兵器として（水雷戦隊とも言われた）、小型であるが高速性を有し攻撃性のあるものだが、燃料補給をしばしば行わなければならなかった。

全くの余談であるが、我々が小学生の時、男の子の間で「きちくすいらい」と呼んだ遊びで、双方一〇人前後で両軍に分かれ、一人だけの敵の大将を捕まえれば勝ちというのがあった。「すいらい」は敵の大将を追いかけ、「きちく」はそれを防いで「すいらい」に勝つが、敵の大将には負け、大将は敵の「きちく」に勝つが、敵の「すいらい」に負ける。三すくみの追っかけっこをする無邪気な遊びであったことを思い出す。

注六、

これはよく東條の考えととらえられることが多い。例えば、近藤道生（みちかた）氏は「この言葉でどれだけの日本人が、玉砕、あるいは自決したかと思うと、靖国に祀られることを生きがいに戦った者として、東條を靖国に祀っているのは到底許すことが出来ない」と書いている（自著『いつまでも青春』内、「敗戦と、国のあり方」参照）。

しかし、調べてみると、実際は、それよりずっと以前から、支那事変での軍規紊乱で、軍人勅諭を補足するものとして、陸軍大臣畑俊六が発案し教育総監部が推進したという。戦陣訓はかなり長文であって、本訓一が七項目、本訓二が一〇項目あり、「生きて虜囚……」は本訓二の第八「名を惜しむ」に書かれている。たまたま東條陸相の時に発布された。私も彼は小心だが温情のある側面もあり、それが彼がさほどの功績もなくて出世した理由の一つなので、彼自身の気持ちであったとは思わない、それにもかかわらず、彼が無批判にそれを受け入れた結果、国民全体の気持ちを、なかんずく兵士の気持ちを強く縛ったことは事実であったと思う。

バタやん　田端義夫氏

私が大好きな歌謡曲歌手のバタやん（田端義夫）について話をしたい。彼については、私は既に二回にわたって書いているのだが、最近、どうしてももう一度書きたくなった（『思いつくままに』内、「想い沁みる歌謡歌手」、および『心を燃やす時と眺める時』内、「私が考える日本一の美男子、西欧の美男子」で）。

というのは、最近、私は晩酌付きで晩飯を食べた後、自分の部屋に籠り、一人で彼の歌をＹｏｕＴｕｂｅでいろいろ聞いている。それらは、単発の「大利根月夜」や「かえり船」、「玄海ブルース」、「島育ち」、「一九の春」など彼のヒット曲を見る時もあるのだが、相手との会話も含むかつてのＮＨＫの番組も見ている。それらは、「ふたりのビッグショー」で、「鳥羽一郎とのもの」、「島倉千代子とのもの」、「南こうせつとのもの」、「渥美二郎とのもの」、「由紀さおりとのもの」、「青木光一とのもの」、「キム・ヨンジャとのもの」などがある。これだけのビッグショーに出たというのは、若い世代の特に男の歌手たちに憧れられ尊敬されていたからに違いない。バタやんからではなく若い歌手から共演したいと言われて企画されたに違いないからである。

それ以外にもゲストに喜劇俳優の益田喜頓を迎えてのショー、堺正章を呼んだショー、小林幸子が司会の番組「心に沁みる昭和の歌」のゲスト出演、水前寺清子が司会する番組のゲスト、山城新吾の司会のもの、北島三郎とのショー、あるいは彼の第二のふるさと大阪で喜劇俳優の藤田まことと大阪弁で軽妙に語り合い歌うショーなどがあった。藤田まことは中学生時代から毎年バタやんの大劇（だいげき・

大阪劇場）でのショーを見ていた（バタヤンは少なくとも三八回までは覚えているがと語っている）。そこでのショーを見ていてバタやんに憧れていたという。彼はショーではバタやんの歌「雨の屋台」を歌った。それらのいろいろな歌手などとの会話を通じて、彼の人生航路を詳しく知ることになった。そしてその苦闘の人生に実に感心して、ますます彼が好きと言うより、非常なる尊敬の念を懐くようになってきたからである（注一）。

「ふたりのビッグショー」は昔、私もときどき聴いてテープに取ったものもあるのだが、調べてみると、一九九三年から二〇〇三年まで一〇年間、ＮＨＫで計三五七回放送されたものとのことであるが、田端義夫ほど何回も登場した歌手はいたのだろうか。彼が七〇代半ばから八〇代半ばのときである。

彼は、一九一九年（大正八年）生まれ、伊勢松坂の出身である。三歳の時に父を亡くし、男五人女五人の一〇人兄弟姉妹の九番目であった。彼は、六歳の時に大阪に出て、小学校三年生の半ばで、家が貧しく退学している。それは学用品が買えなかったり、昼に弁当を食べている友達を見て、弁当なしで校庭に出て遊ばざるを得なかったのが切なかったのだという。普段の食事はおかゆで、それもない日には、おからに紅ショウガを刻んでそれをかけてしょっちゅう食べていたそうである。このような赤貧のため慢性的な栄養失調であって、トラコーマにかかり徐々に右目の視力を失っていった。

一方、彼の相当年上の姉たちは奉公と称してほとんど芸者になって家を出て行き、すぐ上の姉も奉公にと家を出た。だから彼は一時期、母と弟との三人の生活を強いられていたらしい。九歳から一三歳の大阪の生活は、彼が言うには、着るものはいつも上っぱり一着で、夏でも冬でも同じで、下着などという贅沢なものは買うこともできなかったというのだから、大変な生活であったことがわかる。この頃、彼は大阪で一五、六回引っ越しをした。それも真夜中にひっそりと音を立てずに。それは借家の家賃が払えなくなっての二、三ヶ月ごとの夜逃げだったのである。大八車にとりあえずの僅かの家具と道具を載せ、母と弟が前で引っ張り、彼はいつも後ろから押していたという。

しかし、不思議におっかさんは普段はいつも明るかったと彼自ら言う。それは暗くなってはいかんと、母が子供達に言い聞かせたかったのではないかと、彼は想像している。「ふたりのビッグショー」では、よくその頃に母と歌った童謡が出てくる。「浜千鳥」、「ふるさと」、「赤とんぼ」などである。特に鹿島鳴秋作詞、弘田龍太郎作曲による名曲「浜千鳥」で「青い月夜の浜辺には　親をさがして鳴く鳥が、……」と歌う時には、あの明るい彼が声をつまらせ、涙を必死にこらえて、歌っている。聴いている方も胸を締め付けられる気持ちになる。

一三歳の時に彼は家族と別れた。母と弟は、姉に引き取られることになり、涙にぬれる母を遠くに眺め、初めて一人不安な気持ちで旅立つ時のことを歌ったのが、昭和二七年に彼自身が作詞作曲した「ふるさとの丘」である。この歌を歌う時、声がとぎれ、涙で必死に歌う姿があった。

母と弟と別れたあと、彼は名古屋に行き、薬屋、菓子屋で丁稚奉公、やや大きくなって鉄工所で働いた。「ふたりのビッグショー」では、番組半ばで二人の歌手の若い頃の大写しの写真が出てくるが、彼が印半纏で丁稚奉公している時の写真もあった。そういうところで、店主の息子と喧嘩して、なぐったのが知れ、店主に何十回もビンタをくらわされた。その時に、「今にみていろ。偉くなってあいつらを見返してやる」と心に誓ったとは、彼の述懐である。

その間に、ディック・ミネのギターを持ちながら歌うステージに感動し、自らベニヤ板に木綿の糸を張った音の出ない形ばかりのギター（彼はイターと称していた）を作って指の動きを古賀政男氏の教則本で独習し、河原の橋の下で歌っていた。そんな日々の中で次第に流行歌の世界に傾倒していったようである。

昭和一三年、ポリドールレコードで「伊豆の故郷」を課題曲とした新愛知新聞社主催のアマチュア歌謡コンクールに出場することを姉から勧められ、一九歳で、出場者一二〇〇人を尻めにかけて見事に優勝した。それでポリドールの勧めで上京し、社長宅の書生となった。

『心を燃やす時と眺める時』でも述べたが、舞台に登場するなり、「オースッ！」と右手を挙げて挨拶し、ギターを構えてやおら歌い出す。観客はその瞬間から、直ぐにその元気な楽しい雰囲気で一体化される。このような歌手は他にいない。これは、同じ社長宅にいた書生（大学の相撲部の主将）が、「オースッ！」と挨拶することにヒントを得て、後にステージに出演する際の、田端義夫のトレードマークとも言うべき威勢のいい挨拶が生まれたとのことだ。

昭和一四年の春にデビューし、「島の船唄」が最初で、ついで一〇月に、私が二回も述べている最も好きな「大利根月夜」を出しているが、この頃は坊主頭であって、この曲はすぐにはヒットとは行かなかったようである。しかし、この曲は長い間に彼の極め付きの代表曲になった。ご存じ、平手造酒（ひらてみき）の物語で、神田お玉ヶ池の千葉道場の四天王であった彼が落ちぶれてやくざの用心棒になっての話であり、この話は調べてみると実に四〇回以上映画化されている。やがて折りからの戦時体制で彼もいくつかの軍歌を歌う羽目になった。「月下の歩哨線」、「梅と兵隊」という曲である。「歌は世につれ、世は歌につれ」と言うことばがあるが、伊藤久男、林伊佐緒、渡辺はま子をはじめ、芸能界の人々は、その人の思想信条がどうであっても、ともかく歌う才能があり、その歌が皆を元気づけることができればと、時代的にいくつもの軍歌を歌っている。どの外国でもたくさんの軍歌がある。フランスの国歌は革命軍の進軍の様子を歌っているが、軍歌そのものである。これは、やむを得ないことというべきであろうか。

バタやんの最初の大ヒット曲は、昭和二一年、外地から引き揚げ船で帰ってきた人たちの心情を歌った清水みのる作詞、倉若晴生作曲の「かえり船」である。皮肉な言い方をすれば、悲惨な戦争があったからこその歌であった。

しかし、これは名曲である。「波の背の背に　揺られて揺れて　月の潮路のかえり船　霞む故国の　小島の沖じゃ……」、「熱きなみだも　故国に着けば　うれし涙に変わるだろう……」という歌詞が素晴らしい。勿論、私はその時代はまだ幼児で想像するばかりだが、一七〇万人の未亡人を生んだという戦争、大都市は一面焼け野原、食うや食わずの戦後まもなくの時代に、累計一八〇万枚売れたというのだから驚異的である。日本のほとんどの国民の心をとらえたのだろう。この歌を歌う時も、彼は声がとぎれそうになり、涙を必死にこらえて歌い続ける画像があった。歌い終わってハンカチで目をぬぐっていた。

この歌の由来は、紺野美沙子がナレーターであるＹｏｕＴｕｂｅで見ることができる。清水みのるは浜名湖近くで育った人で、田端義夫のデビュー曲「島の船唄」、「別れ船」、「ふるさとの燈台」の作者であり、また荒井恵子が歌った「森の水車」、菅原都々子の「月がとっても青いから」、菊池康子の「星の流れに」の歌詞も作り、その数は二〇〇〇曲とも言われている。バタやんの最初の曲「島の船唄」が大ヒットした後、「別れ船」を作ったが、やがて清水は赤紙で召集され戦地に行った。バタやんは泣きの涙で送ったという。その時はもう日本は戦争中で、バタやんが東京の舞台で「別れ船」を歌った後、監視していた検閲官の軍人から軟弱だと批判され、軍部からは亡国的だと言われてバタやんは数年業界から締め出された。バタやんは「一生、東京では歌いません」と言って大阪にずっといた。そして、戦地から帰ってきた清水みのるが「かえり船」の歌詞を作ったという。

この終戦直後、田端義夫は岡晴夫（注二）と近江俊郎（注三）とともに、戦後三羽烏と言われたようだ（注四）。

しばらくして「ふるさとの燈台」という曲も出している。燈台というのは、昔は「とうだいもり」（原曲はアメリカ）という唱歌とか、「喜びも悲しみも幾年月」の燈台で働く夫婦（佐田啓二と高峰秀子主演）を描いた映画、若山彰の歌があったが、今はもう無人となり、こういう歌は出なくなったが、一時期、随分歌われた。

その次にヒットしたのが、昭和二四年の「玄海ブルース」で、これは軽快なリズムで船乗りの気持ちを明るく歌った曲だった。彼がマドロス姿で、身体を左右に揺らしながら粋に楽しく歌う。

益田喜頓（人気のあった田端氏より一〇歳年上の喜劇役者）との話では、バタやんも随分映画に出たようで、六〇本以上に出たとのことだ。共にハワイに映画のロケーションに行って、日系の現地人と会い、その中に可愛い女の子がいて、それが後にバタやんの奥さんになったという。「会話はどうしたの、君は英語は話せたの、彼女は日本語は」と聞く喜頓に、「いや、パントマイムで話をした、なんとか通じたのでね」とバタヤンはおかしそうに嬉しそうに話していた。森本毅郎司会の番組に呼ばれた時には、中学一年生くらいの娘と、小学生の息子の二人の子供が出ていた。娘は後に田端義夫音楽事務所の社長を務めている（注五）。映画では三枚目役が多かったが主演の二枚目役もあったようである。映画で共演した数歳年上の水島道太郎（香川京子と「高原の駅よさようなら」などいくつかの純愛映画に出て、後年ギャング映画に出演）と数十年ぶりの再会を果たして昔話を喜んでいた。水前寺清子の司会の番組では、当時の相手役、美人女優月丘夢路との対面、また三羽烏で既に歌手としては引退していた近江敏郎も出てきて「亡くなった岡君、私の分も、三人分歌い続けて欲しい」と言われていた。

彼は、終戦まもなく、瀬戸内の船の中でドンチャン騒ぎをしている人たちが、歌を歌っているのを聞いて「これはどういう歌か」と聞いたら「大阪ではやっている歌だ」と言われ、その時に歌詞と曲のメロディーを書きとって覚え、それが威勢の良い「ズンドコ節（街の伊達男）」だったそうである。ショーでも度々歌っている。私は小林旭や氷川きよしの「ズンドコ節」などを知っていたが、もともとバタやんのものが最初とは知らなかった。これは調べてみると「海軍小唄」と呼ばれ、作曲者不詳で戦地に赴く男の気持ちを歌った曲だったそうである。

彼が、一大転機に遭遇したのは昭和三〇年代後半から四〇年代であろうか。その頃は、エルビス・プレスリー、ビートルズがはやり、フォークソングも出てきて、ギターを弾きながら歌うといっても、踊りながらあるいは身体をのけぞらせて歌うといったものまであり、彼のような伝統的な流しのスタイルにあった歌は出にくくなってきた。彼は、東京のあちらこちらのクラブを渡り歩いて自らに合うような歌をさがしているうちに会ったのが、奄美大島で歌われていた「島育ち」である。そしてややおいては沖縄の古くからの俗謡歌である「十九の春」であり、これは昭和五〇年に発売されている。

「赤い蘇鉄の　実も熟れる頃　加那も年頃……大島育ち」とか、「わたしがあなたにほれたのは、ちょうど一九の春でした　いまさら離縁というならば　もとの一九にしておくれ」というように、女性の立場から、せつせつと歌う歌詞で、これにはそれぞれの南国の景色がいろいろ出てくる。これが、苦労人の味が沁みついたバタやんにはピッタリで、この二曲が大ヒットした。

古賀政男氏は、つねづね「田端義夫の声には、涙がある」と評していたそうである。私もその通りだと思う。どんな歌にも、悲しみの涙だけでなく、人生の奮闘の涙があると思っている。

彼はショーでの会話では、いつも自分は三九歳と言い、「由紀さおりとのビッグショー」で共に「一九の春」を歌った時は、「あなたは一九歳、私は三九歳、二〇歳の歳の差だなあ」と観客を笑わせていた。実際は三〇歳近い歳の差である。また、自分よりはるかに若い相手に対してはいつも激励の言葉をかけていた。

例えば、鳥羽一郎が、「私は、第二のバタやんを目指しています。青年時代、沖に出ての遠洋漁業では、まぐろ漁などでは八ヶ月も港に帰らないこともあります。その時はギターを船に積んで、いつも田端さんの歌を歌っていました。」と言い、彼がヒット曲、星野哲郎作詞、船村徹作曲の「兄弟船」を歌うと、バタやんは「これは押しも押されぬ鳥羽一郎の曲だ。素晴らしい。しかし、一曲だけではあかんのだ。」といい、「どうしたら先輩のように、多くのヒットをできるのでしょうか?」と聞くと、「それはなあ、名曲と言われるものは、第一に歌詞がよくなくてはいかん。それからメロディーだ。それに歌手の巧さがあって初めてヒットする。あとはいい曲に巡り会えるかどうかだ。それには長く歌い続けることだ。今のままではもったいないんだよ。きっとまたいい曲に出会えるぞ。祈っているよ」と応えていた。

私も、いい曲に出会うかどうかが歌手の生命ともなり、これは運みたいなものだと思う。演歌をうまく歌う歌手はごまんといる。それがヒットして歌手の仲間入りができるか、一曲で終わるか、何曲もヒット曲が出せるかは、まさにいい曲に巡り会うかどうかである。

流しの演歌師を一六歳からやっていてバタやんの歌をいつも歌っていたという渥美二郎とのショーでは、三羽烏の岡晴夫のヒット曲を二人で歌っている。また、バタやんは「何と言っても歌は歌詞だ。そして歌詞に感激して作曲家が曲をつくる。そして歌手がもっとも責任が重いんだ。三者がバチッと決まれば大ヒットになる」と励ましていた。渥美自身がヒット曲「夢追い酒」や「釜山港へ帰れ」を歌った。

バタやんは、次から次へと観客の声援の飛び交う中で、拳を突き上げ、「ではもう一丁いこう」と威勢よく言いながら、歌い出す。声援で、観客のそれと応答している間に「えーと、なんというか、あまり皆さんと話している内にセリフを忘れてしもうた。えーと、ああそうだ」などと爆笑を誘いながら、「こうなったら、もう一丁」などと言いながら、また次の曲を歌い出す。いつも「あと、三、四〇年は歌わなきゃあ」と若々しい元気な姿を見せていた。

一九九五年（平成七年）、バタやんは、東海林太郎、藤山一郎、ディック・ミネ、林伊佐緒に続いて日本歌手協会の五代会長となり、二〇〇四年（平成一六年）に名誉会長になった。彼は、八〇代半ばになっても歌い続けた。私の知る範囲で、これほど年を取っても声が衰えず、元気で皆の前で歌った男性歌手は他に知らない（注六）。生涯で約一二〇〇曲の歌を歌い、数々のヒット曲を生んで、二〇一三年、九四歳の時肺炎で亡くなった。たぶん歌手の中でこれほどヒット曲の多い人は数少ないだろう。

私は、このように、苦しい青年時代を送りながら、力いっぱい努力をし、人生の哀歓を歌い、明るく人生を渡った彼に、心から敬服している。また、我々を楽しませてくれた彼には「本当にありがとう」と言いたい感謝の気持ちを持っている。

注一　その後、ＹｏｕＴｕｂｅでは、これらのいくつかは削除されたようである。

注二、彼のヒット曲は、私の小学校時代であろうか、「憧れのハワイ航路」、「東京の花売り娘」、「啼くな小鳩よ」、「上海の花売り娘」などがあり、明るく、朗らかに声を張り上げて歌うといった感じであった。

注三、彼のヒット曲は「湯の町エレジー」、「山小舎の灯」あたりが代表曲であろう。私の他に知っている曲としては「別れの浜千鳥」がある。非常に丁寧に丁寧にしみじみとした調子で歌う人であった。後年映画監督にもなり、いくつかの映画を作っている。

注四、これは、後の歌謡曲の「御三家」とか、「三人娘」という宣伝のはしりであろう。ちなみに昭和二一年に、ラジオで「第一回のど自慢素人音楽会」の番組が始まったそうで、その時は九〇〇人の応募があったという。バタやんの言では、軍歌ばかり無理やり歌わされていた国民が、本当に自ら歌いたい歌を歌いたかった、との強い願いがあったのだろうと話していた。

注五、　実はバタやんは四度の結婚をしていて、子供たちは四番目の妻の子である。

注六、　女性では、一九三一年生まれ、浪曲師を父に持ち、三歳で初舞台、八〇歳で最終公演後に引退した「岸壁の母」の大ヒットで有名な二葉百合子がいる。私は、わが子を想う母の歌として、これは最高の歌だと思っている。二葉百合子は、歌の合間にあるセリフの語りぶりも含めて、これは絶唱ともいうべき歌いぶりで何度聞いても感動する。彼女は若い時にこの歌の実際のモデルの女性、端野いそと会っているそうである。

さすがに幼い時から浪曲で鍛えた喉で、その声は最後まで凛としていて衰えなかった。彼女は今もって健在であるが、彼女を尊敬し一時的に弟子入りして教わった女性演歌歌手はたくさんいる。石川さゆりがそうであるが、坂本冬美、藤あや子、石原詢子、島津亜矢、原田悠里は、同時期に弟子となって、一緒に学んだとのことである。

二〇一八年五月には、八六歳でＮＨＫの番組でたまたま「岸壁の母」を歌ったのを見た。一旦引退したのであるが、周囲から懇願されたのであろう。石川さゆりが付き添っていた。

調べてみると、この「岸壁の母」は、三〇歳頃に夫と娘を亡くし、息子は養子であって立教大学を中退し、後に軍人学校に入った男だった。これには後日談がある。日本の厚生省は一九五四年死亡証明書を発行した。軍人の同僚は、あの戦いで彼が生きているはずはない、とも言っていたそうだが、実はこの息子は生きていた。わかったのは、この母が一九八一年に八一歳で亡くなった後の二〇〇二年である。ソ連軍の捕虜となり、中国共産党八路軍に入り、その後上海で生活をして結婚もしていた。息子を発見した日本の慰霊墓参団は三度会って帰国を促したが、彼は「今更帰っても」と拒んだという。

この曲は、「旅笠道中」や「明治一代女」、「大利根月夜」、「松の木小唄」などを作詞した藤田まさとが歌詞を書いた。最初は昭和九年に「星の流れに」の菊池章子が歌ったのである。彼女はレコーディングの時も舞台で歌った時もいつも涙があふれ出たという。二葉百合子がカバーで出したのは、昭和四六年である。

松下幸之助氏

経営の神様と言われた松下幸之助氏に関しては、非常に多くの書物がある。とりわけ彼の始めたＰＨＰ研究所では、彼に関する本をたくさん出版している。

平成一八年一一月現在、彼が創業したパナソニックは、企業の連結従業員数は約二七万三五〇〇人で、トヨタ、日立、日本電信電話についで第四位である。彼はどのような人か、まずは彼が書いた『わが歩みし道 夢を育てる』（ＰＨＰ文庫、一九九八年）を読んでみた。この本は、彼がかつて日本経済新聞の『私の履歴書』に二度（一九五六年および一九七六年）書いたものをまとめて、加筆して一冊にしたものである。一回目は日経新聞の記事も始まったばかりで、連載は八回に過ぎず、戦後の数年までを書いたもので本書で三〇ページであった。

彼は一八九四年（明治二七年）、和歌山市の素封家の三男五女の末っ子に生まれたのだが、父の米相場の失敗で一家離散、尋常小学校も四年で中退し、大阪で単身火鉢屋に丁稚奉公に出たのだが、そこもすぐに潰れて、自転車店に奉公することになった。ここで六年間、一七歳まで働いたが、大阪市が電車事業を計画しているのを知ると電車ができたら自転車の需要は減るだろうから、これからは電気事業が有望だと思い、店を飛び出し、大阪電灯の営業所で働き出した。そこでは屋内配線工事で一日五、六軒を回る仕事をした。

二〇歳で姉の世話で見合い結婚、二四歳で会社の検査員に合格したが、かなり楽な仕事だったため物足りなさを感じ、独立しようと辞表を出して電球ソケットの製造を始めた。妻の弟の井植歳男氏（後の三洋電機創業者）が小学校を卒業したので呼び寄せたが、売り上げは芳しくなく、生活のために自分と妻の着物は全部質屋に入れる始末だった。ただある電気商会から扇風機の碍盤の注文を受けたことで製品ができて何とか細々ながら事業を続けることができた。その後大正九年に本格的電気器具の開発、製作を開始するべく市内に家を購入し、初めて数人の人を雇ったという。

アタッチメント・プラグや二灯用差し込みプラグの製造、そして自転車用ランプ、そのための長時間電池の製造など、本当に町工場の細々とした生産が軌道に乗って、昭和二年の金融恐慌の時に住友銀行との借り入れ関係もできて、昭和五年にはランプは月二〇万個、電池は月一〇〇万個が売れた。

この頃に、彼は一体生産者の使命とは何だろうと考え始めたという。ただ商売でそれがうまくいっただけではもの足りない。そして、それは「この世の貧しさを克服することである」との結論に達したとある。統制時代から戦時へ、戦時中はなんと木造船や木製の飛行機も作った。戦後、それがたたって一時公職追放、社長退陣の恐れがあったのだが、一万五〇〇〇人の従業員がいる労働組合が政府や司令部に猛烈な反対運動をくり広げてくれて、追放取りやめになったという。この本には、戦後の極度の物不足の中で昭和二一年一一月のＰＨＰ研究所開所式で演壇に立つ松下氏の写真が出ている。つまり、彼のＰＨＰ運動は戦後すぐに開始されている、ということである。

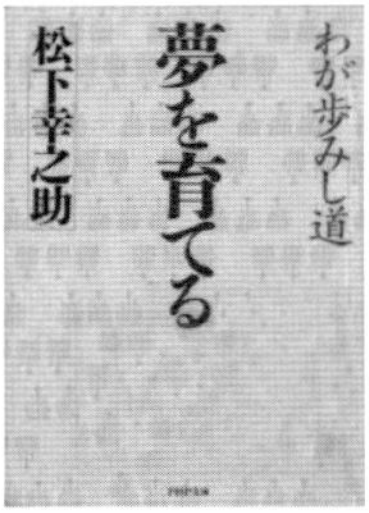

このＰＨＰは言うまでもなく彼の経営理念である豊富な物質供給により平和と幸福を目指すというPeace and Happiness through Prosperity の頭文字を取ったものである。日本の家庭に豊富な物を、安価で大量に供給し、人々の幸福につなげる、という考えである。

以上のようなことが、前半五分の一に書かれている。その後は、二回目のもので長さも現在のように一ヶ月に亘ったものであって、その後から執筆時までの彼の変遷を一一五ページで記述している。それを要約してみる。

戦後の昭和二五年ようやく種々の凍結令が解除され、本来の企業活動ができるようになり、彼はまず経営の最も進んでいると思われたアメリカへ見聞を広めようと二六年一月から一ヶ月の予定が延びて約三ヶ月滞在し、また秋にはオランダのフィリップス社と業務提携を結ぶべく努力し、種々の折衝の後、二七年の三回目の海外出張で一〇月に技術提携契約に調印した。フィリップス社との取引はもともと昭和一二年頃からあったのだが戦争で中断していたとのことである。これは外国との合弁事業の初めての経験であって、このとき技術指導料四・五％は支払うが、こちらには経営指導料三％を納めて欲しいと要求し、そのように交渉し実現したという話があった。

このように、単に国内に留まらずすぐに一早く海外への視野を拡げる彼の視野の広さとともに、商売で培った能力にも感心した（その後、昭和四二年の契約更改時に双方二・五％の同額になったという）。この提携は日本のエレクトロニクス工業の進歩に大いに役立つものだった。一方アメリカのE社との乾電池の交渉では先方の要求におりあわず、独自の開発をすることにしてこれがE社に劣らないハイパー電池の開発につながりナショナル乾電池の地歩を固めることができたという。これらの発展には人一倍の商売におけるカンの良さがあったのだろう。

昭和二八年、大阪府門真市に中央研究所を建設、中川電機やビクターを吸収した（この時、ビクターは四億五〇〇〇万円という膨大な借金があったが、伝統あるのれんが失われるのを惜しみ、引き受けたという）。またこの年、彼は主に経済界に呼びかけ新政治経済研究会を催し、そこで教養大臣、電力大臣、生産大臣などを各人に割り当て、抱負を披歴するという面白い企てをした。そこで彼は観光大臣の役割で「日本は観光資源に恵まれ、有数の資産がある。自然の景観という点では世界の一位、二位を争うと言って過言でない。ところが外国人客を迎えるには、受け入れ体制がはなはだ貧弱である。私は観光立国こそ、我が国の重要施策として最も力を入れるべきものと思います」と演説している。この箇所を読んだ時、昨近の日本の姿勢を考え、マスコミでは外国人観光客の増加でインバウンドとかいう言葉もはやりだが、半世紀以上昔にこういうことを主張していた松下氏に敬服した。

昭和三一年、彼は五ヶ年計画を発表、従業員一万八〇〇〇人、売上げ二二〇億円から、三五年には、売上げ八〇〇億円を目指すとした。約四倍の拡大であるが、これは一般大衆の要望があるかぎり可能だとし、実際、社員のふるいたった協力で四年目には達成、五年後には生産売上げ額は一〇〇〇億円を超えた。また海外への貿易も拡大し、昭和三三年の三二億円から三五年には一三〇億円を突破したという。このように「岩戸景気」と言われ、所得倍増、高度成長時代の順風に乗って、彼はさらにアメリカに倣って「週休二日制」を導入、密度の高い労働生産性を目指し、給料も下げずにとの方針で、四〇年に松下電器はそれに移行した。これは日本では初めてで、他の企業での採用より約一五年も早かった。

このような状況の中で、彼は三六年、社長を退任、六六歳のとき会長になった。この頃、アメリカの『タイム』誌が彼を表紙にした特集を組んだこともあった。経営者として、一介の小僧から、世界的大企業の代表者になったというドリームを実現した、これ以上ないというほどの成功者という意味であったろう。

昭和四五年頃から、年々健康をそこなうことが多くなっていって身体が弱くなっていくことを実感してきた松下氏は四八年、数え八〇歳で会長を引退し相談役となった。ところが半年経つと石油ショックが起こり、まだこれから考えなければならないことが山積しているとの思いであると書いている。

彼は九二歳で勲一等旭日桐花大綬章を受章し、平成元年九四歳で亡くなった。

私は、『松下幸之助の生き方　人生と経営七七の原点』（佐藤悌二郎著、ＰＨＰ研究所、二〇一五年）もザッと読んだが、それには、彼の生き方、主張が項目立てていろいろ述べられている。それらは、「商人の魂かくあるべし」、「よき人材を育てる」、「繁栄によって平和と幸福を」、「一大躍進を期して」、「国際社会の平和と発展のために」の章立てで、七七項目が並べられている。

次に、注意して読んだ本は、年を取ってからの松下氏がどういう生活感で生きていたかを記したもので、『凡々たる非凡』（江口克彦著、Ｈ＆Ｉ社、二〇一七年）である。

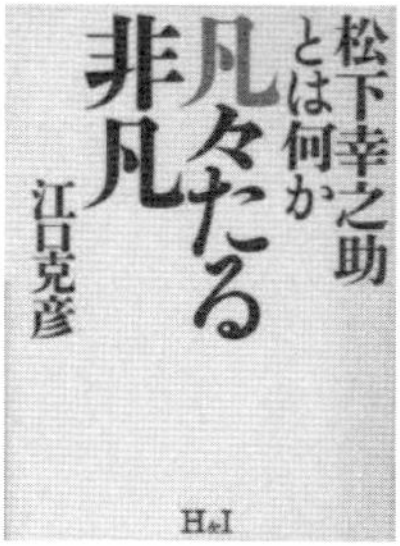

著者の江口氏は、昭和一五年（一九四〇年）生まれ、慶應義塾大学入学、学生時代に政治学科の自治会委員長をした経験を自ら書いている。卒業して松下電器に就職、二七歳の時、松下氏の秘書として請われこの時松下氏は七一歳くらい、既に会長になって五年余り経っていた時点であるが、その後松下氏が九四歳で亡くなるまで二三年間彼の身近にあって仕えた人である。

松下氏が年を取ってからの生活や考えに焦点を当てた本で、私が最も関心を持ったところであった。この本では松下氏の生い立ちを非常に短く簡潔に書いているが、先述の事項に加えると、大阪で働いている時に、両親兄姉などが次々と病没し、彼自身も結核の初期の肺尖カタルにかかり、医者から故郷に帰って養生した方がよいと言われたのだが、彼には故郷に帰る家もなかった。そしてなんと彼が二六歳までに、両親兄姉九人はすべて結核その他で亡くなったという。四〇歳代にも、血を吐いたことがあったが、幸い一ヶ月あまりの入院で悪化はしなかった。彼自身、自分は元来、病弱な身体であるということは常に意識していたようである。その病弱さを解決する手段として、自分は病床にいても経営ができるようにと早くも昭和八年に事業部制を採用し、また電話を積極的に活用した。事業部長は自分の代わりに経営をしてくれている、ということで「ありがたいな、みんな、ようやってくれる」とベッドで正座し、そう呟くことが多かったという。

松下氏は京都東山にある約二〇〇〇坪の庭園を某財界人から譲り受け、昭和三六年自分好みに大規模に改造し、真々庵と命名してＰＨＰ研究所の拠点とした。江口氏の思い出でよく覚えているのは、昭和四四年の講演会で松下氏が「松下電器が成功したのは自分が凡人であったから」と述べたことだという。彼の日常を眺めるに、絶えず考えつつ、悩みつつ、あるいは自分の考えを周囲に確認する、自分に自信があるという様子は微塵もなかった。わからないことがあれば、教えてくれと誰彼となく尋ねる。西宮の自宅も取り立てて大きな家でなく、毎日の食事も質素、特別に美術品を収集することもなく、投機は一切やらなかった。着る物にも無頓着、とにかく、全く凡々たる我々と、その考え、その生活、その日常は変わらないものだったと書いている。

ただ、彼は自他ともに認める不眠症で、最後の一五年間主治医であった松下病院の院長が、副作用を心配してなるべく薬を出さないように試みたが「自分は二〇年間以上、睡眠薬を飲んでいる。薬が効かなくならないように、何種類かを交代で処方してくれ」と言われてしまったという。江口氏が聞いてみると、一日、四時間ほどは眠っていると言ったという。

また彼は少食で、アルコールはあまり飲まず、酒なら一合の半分、ビールなら小瓶半分程度で十分だった。なぜ、そのような凡たる人が、かくも大きな成果を成し遂げることができたのか。江口氏は、それは、凡々たる自分を素直に認め、誠実に、凡たることに徹したことではなかったか、松下幸之助は、まさに凡々たる非凡。その非凡さに、成功の秘密があったと述べている。

松下氏の本作りは、自分の思うことをＰＨＰ研究所の研究員を前にして自身でテープに吹き込み録音し、それを整理し原稿を作り、それを書きことばに直したり、書き換え、削除するといったプロセスを何回も何回も繰り返すということで進んだとある。こういう本作りで江口氏の知る限り、最も徹底的、集中的に行われたのが、昭和四六年（一九七一年）の七月から、彼には「君とだけでいいんや」と言われて二人だけで始め、一二月まで毎日朝九時から夕方まで土日もなく続けられた勉強会の結果出版した『人間を考える―人間観の提唱』だった。松下氏七六歳の時である。江口氏は夕方、真々庵からＰＨＰ研究所に戻りその日に朱を入れた修正箇所を書き直し清書して印刷会社にゲラを渡し、新しいゲラを出してもらう。結局これが六二回繰り返されたとある。そのため研究所からの帰宅はいつも夜の一二時頃であった。

そのうち、江口氏からもいろいろ意見を言うようになったが、松下氏は「わしの考えがわかっとらん」

というような、上からのもの言いで人を動かそうとはほとんどしなかった、という。ある時、松下氏が「この人間観の勉強をやめよう」と言い「これでいいんや」と呟き、「こうやって人間観をまとめきったからな。わしは、もう、死んでもええわ」と言った。この言葉を聞いた時、三一歳の江口氏は、経験したことのない感動に身震いしたと書いている。

参考として、その冒頭にあるという「新しい人間観の提唱」が出ている。それは要約すると、以下の如くである。

人間には、宇宙のすべてが生成、発展する動きに順応しつつ万物を支配する力が、本性として与えられている。この特性は、自然の理法によって与えられた天命である。このため、人間は万物の王者となり、その支配者となり、崇高にして偉大な存在である。しかし、個々の現実の姿を見れば、必ずしも公正にして力強い存在とは言えない。人間はつねに繁栄を求めつつも往々にして貧困に陥り、平和を願いつつもいつしか争いに明け暮れ、幸福を得んとしてしばしば不幸におそわれてきている。これは個々の利害得失や知恵才覚にとらわれて歩まんとする結果である。個々の知恵、個々の力では偉大さを発揮できない。古今東西の先哲諸聖をはじめ幾多の人々の総和の知恵、まさに衆知こそが、天命を発揮させる最大の力である。

このような意識に到達したという松下氏、これをどう考えたらいいのだろうか。私は理念としては、はなはだ立派であるとは思う。その一方でこれは極めて良心的ではあるが、平凡ともいえる。人間社会は衆知を集めてことに当たるべきだということに過ぎないからだ。前半部分など、言葉を飾ってあるのが、かえって新興宗教のようで、正直言って安っぽく感じてしまう。

私は、松下幸之助の偉いところは、小僧から出発して、学歴がなくても、素直な心をもち、生きがいとして、国民の幸福を思い、それにはまず豊富な物の充実を持って人々に貢献することだと、邁進したその行動にある。その意味で彼は、あくまでも実践の人だったと思う。例えば、電機業界で、日立製作所、東芝、NEC、ソニーその他の会社を見てもその多くが、大学の工学部の優秀なエンジニアが創業ないし、発展させた会社ばかりである。彼のような経歴の人はいない。よくぞ頑張ったという感じである。

松下幸之助氏

この本では、さらに彼が相談役になった時の江口氏との会話が載せられている。衆知とか、経営者の心得としては、「人と同じペースであってはいかん、常に経営者は先憂後楽でなくてはいけない」という類である。また、彼の「水道哲学」が語られている。それは松下氏が名付けたわけではないが、彼が言うには、「道端にあるよその水道の蛇口をひねって水を飲んでも誰も咎めない。それは、水はタダではないけれど、安いからや。水道の水は安全で、安くて、たくさんある。だからいいものを安くたくさん作り、この世から貧をなくすことが産業人の使命やと。そういうことを話したら、皆さんが『松下さんの水道哲学』と言うようになった。しかし、これをインドネシアで言ってはいけない。水はここでは貴重なもの、高価なものである、ここではバナナが安くて豊か、だからインドネシアではバナナで話さねばならない。その国の国民性を考えて経営をせんと。まあ、それぞれの国柄、風習、考えを持って経営をしなければならないということや」ということばである。

昭和五一年、江口氏は松下氏からＰＨＰ研究所の経営をやってくれと電話で頼まれた。この時点で社員は八五人ほど、研究所は創設して三〇年間赤字が続いていた。当時一〇〇万部を発行していたが、そのほとんどを松下電器が買い上げていたという。彼は経営などやったことがないので当初は困惑したが、松下氏が「キミ、わしの言う通りやるんやったら、キミはいらんで」と言われ、一瞬戸惑い、恐怖を覚えたが、やがて、ここで今までと全く異なることをやろうと思い、松下電器から「自主独立」の経営にすることを決心する。考えてみれば、松下氏はその発展の過程で、他に頼る、依存することはなく、もちろん国や政府に頼ることもなかった。これを見ていた江口氏が、そう考えたのは流れであろう。

しかし、この方針は周囲から猛反対を受けた。「松下電器に弓を引くのか」と言われ、社内から、経営が成り立たなくなるとか、一気に断るのは失礼だとか、さまざまの批判が一ヶ月続いたという。「松下電器からの援助はすべて断ることを申し入れた」ということを松下氏に報告すると、彼は「本当か、それはよかった。キミ、よく決断してくれた」と励ましてくれたという。江口氏は若手社員の協力を得ながら、ＰＨＰ誌の多様化、数種の雑誌の発刊、研究活動の充実、友の会活動、シンクタンク活動の強化など次々と手掛け、毎年売上げは五億円、八億円、一五億円と伸び、営業利益も五％から八％と自力で上げられるようになった。

松下氏は、三億円の資本金では困ることもあろうと三〇億円を出資してくれた。また就職にあたって縁故採用は一切しなかった。それは「わしが言うからといって、無理に採らんでもええよ。実力のない者を採ってもあとでキミが困るだけや、本人次第で考えてくれ」と松下氏に言われていたからだという。

江口氏は、敗戦後、物質と心の窮乏から立ち直るべく創始したＰＨＰ活動「繁栄によって平和と幸福を」ということばには、産業人として物質を豊かにするという使命が強烈に貫かれている。これは松下幸之助というリアリストが生んだ理念、考え方、哲学である、と感激を持って述べている。

昭和五二年、山下俊彦氏が三代目の松下電器社長になった。私もうっすらと覚えているが、いわゆる「山下跳び」という上から二五番目の平取の抜擢である。これは、女婿の二代目社長松下正治氏の意向だった。それから山下氏の時代が九年間続いたが、五八年の経営方針発表会で、松下幸之助氏は、山下氏に対して、詳細は書いていないが、怒りを炸裂させたという（注一）。この時、松下氏は八九歳であろうか。

もう一つ、松下幸之助氏が起こした仕事に「松下政経塾」がある。江口氏はこの設立の経緯に関して、かなり詳細に記述している。松下氏が将来を担う有為な政治家を育成したいと思い始めたのは昭和四〇年頃、彼が七〇歳近くになってからのことらしい。江口氏がPHP研究所に移った昭和四二年に渡された仕事の一つに、このアイデアがあり、それとともに政治を改革するための国民運動を起こそうとしばしば口にしていたという。江口氏に相談、指示もして一ヶ月半かけて最初の塾設立の趣意書を作り、親しい有識者に意見を求めた時、たいていの人は「そのような塾を作ることはいいけれど、実業家である松下さんがやるのはどうかと思う」と反対した。それに対して、その後も松下氏自身は政治の混迷を見るにつけ、折りにふれて塾設立の思いが何度も浮上してきた。名称もそのたびにいろいろ変わったようだ。

昭和五〇年五月、ソニーの盛田昭夫氏が京都の松下氏の私邸を訪れ、「このままでは日本が危ない。良識派がなにかしなければならない」と言ってきた。東京都知事は美濃部亮吉、大阪府知事は黒田了一、その他世の中の左傾化に非常な危機感を持ってのことだった。このとき松下氏は「松下政経塾設立趣意書」を盛田氏に手渡し、彼はさっと目を通し、「賛成ですね。一度、私と同じ思いを持っている連中と会っていいただけないでしょうか」と訴えたという。

そして、六月に盛田氏は、ウシオ電機の牛尾治朗社長、学習院大学の香山健一教授、演出家の浅利慶太氏、京セラの稲森和夫社長を伴って真々庵を再度訪れ、江口氏も陪席した。「左の連中は、すぐオルグ活動をする。組織を動かし、行動をする。しかし、良識派、常識派は活動もしないし、行動もしないから、左のプロパガンダに、無関心層は影響を受ける。我々も直ちに行動を起こさないと日本は危ない。ついては、松下さんに是非看板になっていただきたい。我々は神輿を担ぎます」ということだった。

その後、盛田氏は松下氏と共著を出しましょうと、数回の対談を行い、対談本『憂論　日本はいまなにをなすべきか』（ＰＨＰ研究所、一九七五年）を九月に発刊し、三〇万部を超えるベストセラーになったが、その後は連絡が途絶えた。

松下氏は、その後も、執念を燃やし、産官学各界の識者の意見を聞いて回った。江口氏も幾人かの識者を回った。その中で、私は、彼の大学時代の恩師である中村菊男慶應義塾大学教授が「政治家養成機関の設立は時代の要請であろう。こうした教育機関の設立の試みは、官僚を中心として数多く存在している。ただ官僚系の養成機関は型にはまって独創性に乏しい。……政治家養成機関を打ち出すと、必ずアブノーマルな性格の人々が集まる。そのあたりは注意しておくべきだろう。そうでないと、必ず政治家になりたいだけの連中が集まってくるようになる」と言ったというのを、印象深く感じた。

昭和五四年一月、ついに文部省から財団法人の許可が下り、松下政経塾が発足となった。塾への応募資格は大卒者もしくは大学院在学者、高卒の場合三年以上の社会人経験者で二五歳以下（現在は二二歳から三五歳まで）、年間募集人数は三〇人、研修期間は五年、その間は研修費が支給される。第一回には、応募者が九〇七人であって、審査の結果二三人の内定者となった。江口氏は牛尾氏と二人で面談の面接官を担当した。そのとき江口氏が奥で歓談している松下氏に「何を基準に採用すればいいですか」と問うと、彼は「運の強い人がいい。それに愛嬌のある人を採ってくれや」と答えたという。

昭和五五年四月の入塾式では、塾長として、二日間に亘り、八四歳の松下氏が塾の方針を語り挨拶した。それは、彼の人間観を血肉にしてほしいという内容だったという。

江口氏は、松下政経塾を作ったのは評価すべきであろうと述べる。それまでの政治家のほとんどが二代目、三代目、政治家の秘書経験者、官僚ＯＢか、労働組合、あるいは利権団体の出身であった。純粋に国民の利益を考える政治家はほとんど限られていたと言っていい。いわゆる「地盤、看板、カバン」、すなわち後援会、推薦団体があるか、世間的に名前が通っているか、資金は潤沢か、ということである。そのような状況を打破し、国民の幸福、国家の繁栄を一筋に思い、私を捨ててその責務を果たすという道筋を切り拓いたことは、素直に評価していい、と述べる。

しかし、松下氏は、その創設が遅きに失したと、悔悟していたようだ。二期生の年度末の成果発表を聞いて松下氏が発したコメント「君らには猫に小判だった」という言葉がそれを物語っているという（二〇一五・一一・八 Web Voice）。それは江口氏から見ても、松下政経塾での松下氏の接触する時間が体調不良もありほとんどなかったところに原因があり、松下氏の「命の時間」の問題があったとも映るようである。焦燥を感じた松下氏は、昭和五七年、「松下政経塾では間に合わん」と彼に言い出した。そして「二一世紀の初めには大混乱をきたす。キミ、政党を作ろう」と呟いたという。周囲の意見も聞いたが、「総論賛成、各論反対」で「松下さんが高齢すぎる」と健康を気遣う言葉を全員が付け加えたらしい。それでも昭和六〇年、この件は「君と二人だけで進めよう」と言い、再び新党構想を口にし、四年後の参議員選挙を目標にスケジュールを立てた。指示に従い江口氏がスケジュール表を作成した。目標に先立つ二ヶ月で松下氏は帰らぬ人となった。平成元年のこの選挙は消費税選挙となって自民党は歴史的な敗北を喫し、野党党首の土井たか子氏は「山が動いた！」と歓喜した。

この本には、その後江口氏が参議院議員となり、当時の首相であり、松下政経塾一期生であった野田佳彦氏に、国会で代表質問を行った質議の一部始終が載せられているが、それはここでは省きたい。ただ、江口氏が、自ら教えたこともあった野田氏が松下精神をどこまで理解していたのかという追求に野田氏は全く応答しなかった、と言う以上にできなかったようだ。現在、松下政経塾が発足して三五年以上経ち、塾出身の政治家は何人か国会議員になっている（注二）。

図書館には、この他にもたくさんの松下幸之助ものといった本があったが、その中に、『悲しい目をした男　松下幸之助』（講談社、一九九五年）という本があった。一体この本の題名はどういうものか、他の本のように題名を見ただけでいかにも松下氏の今太閤的な成功物語であろうと想像できる書とは違って、少し異なる視点で書かれたものかもしれないと興味を持ったので読んでみた。

著者は、硲（はざま）宗夫氏で、著者紹介を見ると、一九三二年生まれ、大阪大学法学部、大学院を経て朝日新聞で経済部記者を務め、いろいろ記事も書き、特に、富士製鉄と八幡製鉄の合併の際のスクープで手柄を立てた敏腕記者であったという。編集委員室長を経て定年退職、その後は関東学院、富士短期大学で非常勤講師として勤め、経済・経営評論家として幾冊かの本を出版しているとのことである。

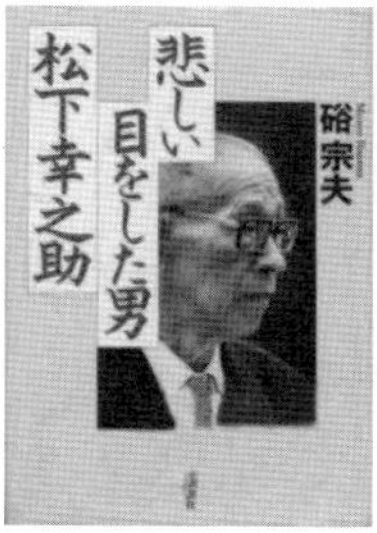

彼は、記者の頃、松下電器の担当であった。私が先に詳述した二冊は、松下氏の自伝とPHP役員であった江口氏が著者で、後者にしても、松下氏側の身内であったが、これはそれとは離れた第三者の人ということである。この「悲しい目」というのは、先述のように昭和三七年（一九六二年）、既に「経営の神様」としてブームに乗り、アメリカの『タイム』誌に「悲しい目をした男」と紹介されたことからとったと第一章に書いてある（詳しい翻訳では、「やせぎすで、安月給の先生みたいな目立たない六七歳の老人が、やさしいが「悲しい目」をしていた」とあったという）。

この前後、十数年、松下氏の所得申告の推移を見ると、昭和二七年に一位になって、翌年四位、次に二位、三〇年から三四年に連続一位、三五年二位、三六年から三八年に一位、その後四年間は二位、四三年再び一位、ランキング上位はその後もずっと続いたとある。まさに経営の神様の名にふさわしかった実績であった。

大部分の記述は、既に私が述べたような、松下氏の若き頃からの奮闘物語であるが、そこで書かれていないこと、松下氏の理解にとっては、重要な欠かせない事実がいくつか記述されている。

著者の「あとがき」によれば、松下氏を称える書籍は、自画自賛的なものを中心に山ほども出回っているのだが、どれにもパターン化されたエピソードが重複していて、松下氏の本当の姿が意外と世間には知られておらず、虚構の松下氏像が独り歩きをしている。筆者としては敬愛する幸之助さんが、真実から遠ざかっていく奇妙な雰囲気に、不気味なものさえ感じていて、それを正すべく、幸之助さんの虚と実を探っていくことにした、とある。従って以下の記述は、前述二冊に対して補足的なものを含んでいる。

松下氏が少年時代、奉公先の向かいの家に同じ年の男の子がいて、中学に通う朝、「行ってまいります」と元気よく出掛ける声が、彼の耳に飛び込んでくる。「僕はその後ろ姿を見送りながら、人知れず溜息をついたものでした。『ああ、僕も学校へ行きたいなあ』。そのうらやましさを、いま御説明しても、皆さんはどこまでおわかりいただけるか……」と、つらかった少年期を語る松下氏の表情には「経営の神様」の異名も何もかもかなぐり捨てた無念の思いが走った、と書かれている。

それは、当時寿屋といっていた、後のサントリーの創業者・鳥居信治郎、江崎グリコの創業者・江崎利一などと一文なしで事業を始めたという意味で「文なし会」という親睦会を作って大阪ミナミで懇談するようになったことにも結びつく。鳥居も江崎も、若い頃から、さしたる学歴もなく、丁稚奉公をしたり、家計を支えるために商売に打ち込んだ経歴の持ち主だった。

また、昭和一五年、一人娘の幸子が養子をとって松下正治と結婚した時、正治の出は平田伯爵の孫で東京大学法学部を卒業し三井銀行に勤務、華麗な一族であった。親戚の少なかった松下氏は、この時、松下側の列席者に、かねて同じ和歌山県出身で懇意であった野村吉三郎海軍大将とその友人荒木貞夫陸軍大将をＶＩＰとして招いたという。この配役で、松下家は、華族であった新郎側に対したのであった。

野村氏は太平洋戦争開戦時のアメリカ大使であって、日米開戦を回避すべく努力した人であったが、彼が宣戦布告を通告するのが別の原因で遅れ、真珠湾攻撃の一時間後になってしまったということでアメリカ側から非難されたこともあったが、戦後、松下氏が借金で破産しかかった音楽の名門ビクターをRCA社から買収した時、その社長に据えた人であった。

こういう事実を知ると、松下氏が小学校中退で学歴のない自分に、他にはない内心の苦労をしていたことが思いはかられる。

これと似て、大正四年小学校を出てすぐに自らの会社の腹心の協力者として故郷淡路島から呼び寄せたのが、妻むめのの弟である井植歳男氏である。それから三〇余年、戦後すぐの昭和二二年に松下氏から独立して、「太平洋、大西洋、インド洋を駆け巡る国際企業を作る」といった高い志で三洋電機を設立した。このきっかけは、松下電器が、こともあろうに戦後すぐ財閥指定を受け、社の幹部に追放命令が出されたことであった。幹部は幸い一人だけ残ってよいということになり、それなら兄貴が当然と思い、井植氏は外へ出ることにした、というものである。松下氏とは違って、さっぱりした豪傑肌の井植は、長年に亘って共に働いたのだが、松下氏の生き方にはとてもついてはいけなくて、一時はお互いに顔を見たくもないほどの険しい関係になったようだ。ある時、筆者が面と向かって義兄の松下幸之助評を求めた時、彼は、もはや処置なしと言った表情で「兄貴とこは新興宗教や」と語り「あんなマネはできんわ」と吐き捨てるように言ったという。

考えてみれば、松下電器は、毎日、就業の前に「松下精神」というものを全社員に復唱させる。これは七箇条からなっていて、昭和六年に五精神が定まり昭和一二年に七精神となったという。一、産業報国の精神、一、公明正大の精神、一、和親一致の精神、一、力闘向上の精神、一、礼節謙譲の精神、一、順応同化の精神、一、感謝報恩の精神、であって、各々に二、三行の説明文つきである。これを、社員は、毎日読み上げ、終業時に「社歌」を歌う。

これは、松下氏の人心を収攬する一つの方法だったのだろうが、いかにも前近代的なセンスのものである。井植氏が反発したのも当然だという気がする。

三洋電機は、自転車ランプの特許とノウハウを譲り受け、その後それまでの松下電器の撹拌式電気洗濯機から墳流式電気洗濯機を開発し、大ヒットとなって、これが幸之助氏の一時的な大反発を招いたという。

井植歳男氏

彼は「電気洗濯機を開発したのは誰と思うているんや」と井植氏を難詰したと言う。「新しいタイプの技術を開発し特許をとったのは三洋だ」と説明して、松下氏は引き下がったようだが、こんなことが両者の対立を増長させたようだ。当時の経済評論家の三木陽之助によると、世間的には、松下氏は仏の顔の方が圧倒的に売れていたから、三洋側は常に不遇だったとの思いを抱いたと言う。

後に、昭和四二年、井植氏が書いた『大型社員待望論』に「精神主義的経営を叱る」と題した文章が載っている。なかなか的確なことを言っていると思ったので一部を抜粋すると、

「私は、現代の日本人という不特定多数の集団に向かって、ものをいう態度を好まないのである。……そうした論文を読むたびに感ずることは、第一に筆者があたかも聖人君子のような立場に立ってしまっていること、第二に読者がその論文と現実の差に白々しい気持ちを抱き、かえって高い目標なり理想

から眼をそらすであろうことが予想されるからである。(中略)

禅宗の言葉に「脚下を照顧せよ」という言葉がある。……「自分の足元を見なさい」という意味である。私の言いたいのはこれだ。従業員に努力とかヒューマニズムとか、そんな頭のてっぺんにあるようなことを押しかぶせないで、脚もとのところを話してあげたらどうかと思うのである。……社長は、なにも「聖人君子」になったり「神格化」する必要はない。ないというより、そういう態度はもはや実業人としては危険である」と。

この文章は、特定の名指しは避けているものの、松下氏を批判していることは明らかである。このように、企画力、実行力に秀で、庶民的魅力を持った井植氏がやがて関西実業界にその人望を認められ、若手実業家が多くそのもとに集うことになったのは、必然であったようだ。佐治敬三（サントリー）、中内功（ダイエー）、石橋信夫（大和ハウス工業）、森下泰（森下仁丹）、など青年会議所のメンバーが井植氏を囲む会を作っていったという。義兄の松下氏が学歴のことやユニーク過ぎる経営哲学が財界主流から敬遠され、ほとんど財界の役職らしい役職につかず、その名声と企業力から、途中抜きでいきなり長老に祭り上げられていたが、井植氏は履歴はあまり変わらないのに、ファンが決起した。一九六八年一月、社長の座を弟の祐郎に譲って会長となり、関西経済に新風を送り込む日が近いと期待されたのだが、翌年七月に、井植氏は六六歳で脳出血で急死した。「夢のシナリオははかなくも消えた」と記述されている（注三）。

「松下さんは威張らない。誰に対しても優しい」という賞讃の声がある。確かに、先述の江口氏の本でも、「上からのもの言いで人を動かそうとはほとんどしなかった」とあるが、それは好意的に人を見る時であって、彼には二つの顔があり、企業のトップとして組織の内部に向けた目は厳しく、気に入らないと容赦なく怒鳴り付けたという。

筆者も「時には新製品の開発ができました、と松下氏にお届けすると、気に入らん場合は『こんなものダメや』とその製品をこちらにぶっつけるんですわ。まともに当たったら怪我しまっしゃろ。さっと体をかわすんです」という元幹部の懐旧談を思い出すという。松下氏の激しい気性を示しているし、また、叱る時は、普通言われることは逆なのだが、わざわざ人前で叱る。「そうすると、本人だけでなく他の人も同時に引き締まる。効率的でええやろ」と得意気であったとも記している。

私も、こういうことは当然あっただろうと思う。あれだけの大集団を率いていったのだから、始終温顔であったとはとても思われない。彼は二つの顔を使い分けていたのだと思う。それが人間的評価として如何という問題は別である。

もう一つ、彼の表と裏を示す事実に、彼の女性問題があった。

硲氏は、彼の結婚の時の見合いの様子などもごく簡単に触れているが、姉の勧めで、井植むめのと会った時は松下氏二〇歳、むめのが一八歳だった。兄貴たちなどが次々と亡くなり、跡取りの松下氏に「早く二世を」という親の気持ちが強かったという。芝居小屋の前で見合いをすることになったが、周りの人たちの「見合いや、見合いや」という囁きであがってろくろく顔も見なかった。われに返ってむめのの方向を向いた時は、既に先方は後ろ姿に変わっていた。「あらいいで。もろとき、もろとき」という義兄の一言で結婚は決まった、と書かれている。数十年を経て、「僕なんか相手の顔も知らずに結婚してしまった……今の人は、確かめられて、いいねえ。その点は進歩した」と筆者に述べたことがあるそうだ。

しかし、このむめのは糟糠の妻として、賢夫人であったことが「賢婦・むめのの功績」として題がふられた小節で述べられている。彼女の年を取ってからの風貌は夫婦像としてインターネットで見られるが、松下氏がやせて繊細な顔であるのに比べれば、井植氏に似てどっしりした和服姿で貫禄のある小母さんといった感じである。世話女房としては立派だったのだろうが、愛くるしいといったタイプではないように見える。結婚した時は、まずまずの経済状態であったようだが、改良ソケットが売れず手持ちの資金が底をついて事業に参加していた二人の友人も去り、その当時は、彼女は夫に知られないように、幾度となく質屋に通ったようだ。

後に「銭湯に行く風呂代にもこと欠いて、なんとか理屈をつけて家で身体を拭いてもらいました」と言う妻に、松下氏は「私にこの家内がいなかったら、私の今日はなかっただろうと思うのであります」と述べている。

松下電器が小さかった頃のむめのは「相撲部屋のおかみさんと全く同じ。全従業員の母親代わりになって、それぞれツボを抑えて面倒を見るのは大変な気苦労だった。金銭の出入りも彼女の担当だった。親父さんが仕事に熱中できるようにあらゆる裏方をつとめながら、さらに仕事場に立った」と養子の正治氏が述べている。脱サラで電気の仕事に進路を選んだのは、むしろ妻むめのの方だったという。そのきっかけは会社が昇進の基準を、上司の推薦制から筆記試験に変えた時で、「字を書くのが苦手」な松下氏は将来の発展への道を閉ざされガックリとうなだれ、独立するには甘いもの好きの彼が「しるこ屋」を提案したのだが、むめのは真っ向から反対したという。「おしるこ屋？　そんな水商売は、うちには向きまへんなあ」と。

しかしこんな賢夫人がいたにもかかわらず、松下氏には第二夫人の存在があった。これは松下氏が五〇歳頃、東京神楽坂で知り合った三〇歳年下の芸者を妾として囲ったことである。彼女を大阪に連れて行き、一時期大阪ミナミの料亭に出したこともあったようだ。これは昭和一九年頃であり、彼がＰＨＰ運動を始めた頃に該当するのだが、彼女との間には、なんと三男一女をもうけている。すべて認知されたようだ。当初、このことを知った妻は激怒し、松下氏は、彼女を大阪から東京に移し、この女性は世田谷の高級住宅地に住まわせたので世田谷夫人と呼ばれていた。これは知る人にとっては、公然の秘密であったが、著者を含めて、ジャーナリズムは、「このことには触れないでほしい、これが表ざたになったら、主婦相手の家電を生命とする松下にとって致命傷になりかねない」、「幸之助の存命中は、なにとぞ内密に」と必死に会社側から言われたという。

だから、これが公になったのは、松下氏の死後の平成元年、写真週刊誌『ＦＯＣＵＳ』が「神様だって人間だった―松下幸之助翁のもう一組の家族」と題して、世田谷の高台に住む一家の動静を伝えた時であった。

成功した実業家が、家庭とは別に女性を持つというのは、当時はごく普通のことであったと言うし、井植氏にも同様なことがあったそうだが（注四）、井植氏がそのことについても開けっぴろげであったのに比し、松下氏の振る舞いは、妻に頭のあがらない亭主として、また大松下の総帥として、秘密を抱えて内心随分苦しんだのではないかと想像する。そもそも好きでもない女性との結婚でスタートしたことが、彼の運命を決め、中年になって初めて好きな女性が現れた、というのが現実であったようだ。親と子ほど年の違った女性は、幸之助にとっては可愛い女であったのだろう。

晩年、筆者が「奥さんには苦労をかけましたね」と、さりげなく反応を伺った時、松下氏は「すまなかった、と反省してるんですわ。この年になって初めて妻の苦しみがわかってねえ」と素直に語ったという。

多くの社員に慕われたためのは、平成五年、九七歳で亡くなっている。

この本では、「山下跳び」以後、あるいはポスト幸之助の松下電器の様相、幸之助が孫の正幸を何とか社長にとの気持ちだったが、それはかなわなかったことなど、さらにいろいろ書いてあるが、ここでは省きたい。

また、それに近いことが書かれた『血族の王　松下幸之助とナショナルの世紀』（新潮社、二〇一一年）があり、これは硲氏の書よりかなり後の本であるが、私はこれも読んだ。硲氏もこの本の筆者の岩瀬氏も共に和歌山県出身で、二人とも郷里の尊敬すべき大先輩としての松下幸之助に惹かれて、筆を執ったということが述べられている。

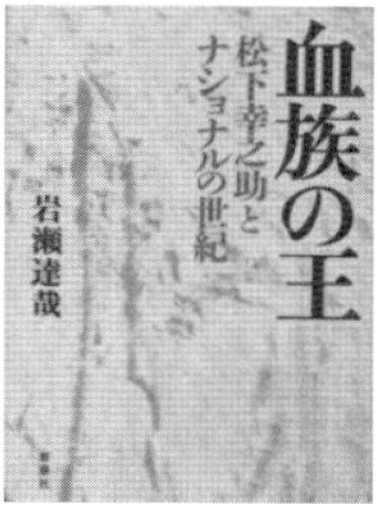

これも硲著と同じように、基本的には松下氏の苦労を叙述した本ではあるのだが、新たな書き方がなされている。なぜこのような題名が付けられたかは、よくわからないが、実は松下氏にとって、和歌山というのは複雑な思いを持つ土地であったというのだ。少年の頃、既に二人の兄を失い、父が五二歳で亡くなった時、彼は一一歳で住んでいた大阪で家長という立場になった。もちろん家を支える経済力などなく、母は姉とともに実家のある和歌

山に帰っていき、そして貧窮にあえいだ母は再婚を決意した。このことが、後の幸之助の郷土意識にかなりの複雑さをもたらしたと著者は言うのだ。

話は飛ぶが、高度成長のピークであった昭和四四年、松下電器は過疎化の進む地方に活気をもたらすべく「一県一工場主義」を展開し、和歌山県も知事以下県民を挙げて熱心な誘致活動を行ったのだが、なぜか松下氏の反応は鈍く、これが実現したのは、それから四半世紀後、松下氏が亡くなってからであった。その時、「一県一工場」が実現していなかったのは、他に青森、秋田、千葉、沖縄の四県を残すだけであったという。このように、人の気持ちは複雑である。ここでは、今までに述べてないことを中心として、いくつかの事実を書いてみる。

母の再婚を期にして、松下氏は一時期家の再興という目標からいくばくか自由になり、奔放な青春を謳歌する姿が見えるという。昭和五〇年の彼の述懐によれば、『郷に入れば郷に従え』で、仲間うちに入ってちょっと顔をきかそうとすると、女遊びの一つもせんとあかんのですわ。ですから私は一八で、女遊びに行きましたよ（爆笑）。『行きとうて行きとうてしょうがない』というわけやないんですよ（爆笑）。そういうようにせんと、一人前になれないんです。……みんな行くわけですよ」と話したという。

ところが三年後に母が病死したとき、再び家長としての自覚に目覚め、姉や義兄のすすめで、二〇歳で見合い結婚をした。この時、幾多の縁談の中で一番条件の悪かった松下氏と結婚したむめのの気持ちはどうだったかというと、「金銭的なことより、お姑さんがいないところ、気楽にいけるところを選んだ」と述べていたそうである。

昭和七年、松下氏が取った行動が日本のラジオ業界に少なからず衝撃を走らせた。それは、多額の対価を払って手に入れた真空管の特許を、競合するメーカーに惜しげもなく無償で開放したからである。これは松下氏のラジオ界の発達のためという大義で、競争相手の東京電気に対する牽制でもあった。そしてこれがマツダランプを製造していた同社に対する松下電器の電球への進出の準備でもあった。非常に質の劣っていた松下の電球を、当時従業員数五〇〇〇人弱に達していた松下の全国、網の目のようにめぐらした販売力でなんとかいけると幸之助はふんだのである。そして、電球も数年後には、マツダを凌ぐまではいかなかったが、業界第三位の五・五％までいったという。

これ以外にも、仕事における幸之助の奮闘ぶりは、さまざま書かれているが、昭和一〇年には各製品工場を独立化させ、一〇会社となり、家内工業からスタートしたはずが、わずか一七年で一大コンツェルンを形成するに至った。販売網も、満州、中国、朝鮮、台湾にも進出した。この頃特記されるのは軍から要請され、上海やジャカルタに乾電池工場を設立、ついには一七年飛行機を製造することまで要請されたことである。彼が海軍航空本部長の大西滝治郎中将（特攻隊の発案者である）から呼ばれ、昼夜兼行で戦闘機を作ってくれと言われ、「飛行機の作り方など全然知りません」と答えたのだが、「技術は海軍から持ってくる。君の経営手腕をもってすれば必ずできる。これは国家の命令だ」と言われやむを得ず松下飛行機を設立した。この時、松下氏は「これでは戦争の雲行きはあやしいぞ、ソケット屋に飛行機を作れとは」と思ったという。考えて見れば、日本の戦争に対する泥縄の対応にあきれる思いだが、ともかく、井植氏の協力で木製の飛行機を作るところまではいったが、もちろん実用にはならなかったらしい。

そして、この時の行動が、戦後ＧＨＱから、財閥指定と軍事協力で一時期公職追放のリストに入ったという憂き目にあったのである。この時、自伝では従業員が組合を挙げて追放反対の運動をしてくれたとあったが、実際は松下氏がいち早く組合に働きかけたようだ。こういうところが、彼の会社における絶対的な信頼感を得ていた事実と、彼の物事に対する俊敏な判断・行動力を示していたと言えるだろう。

一方、彼は自分を差し置いて、たとえ善意であったとしても出過ぎた行動をした人間を決して許さなかった。一つは松下電器貿易の社長であった斎藤周行氏のことで、これはフィリップス社との契約の遅れでやきもきしていた彼がそれをプッシュすべく松下電器貿易の単独名で新聞紙に広告を出したことで、これで松下氏の決断を押したのは事実だったが、独断専行が松下氏の逆鱗に触れ、彼は解任された。また、戦前に、工場長をやっていた後藤清一氏もそうだった。彼は請負単価をちょっと値上げして、それが二、三ヶ月でバレて松下氏に夜呼び出された。後藤氏の思い出話によれば、「なぜわしに事前に報告せんのか。お前さん、偉ろうなったんか。お前、大将か。ちがうやろ。大将、俺や。俺になぜ、報告せんのか」と。そしてその後、後藤氏の昇進は遅れに遅れ、結局、重役に昇進できず、戦後、井植氏に救われてやがて三洋電機の副社長になる。

全神経を集中し、工員の出勤状況まで毎日チェックしていた松下氏は、部下が経営判断の領域に踏み込むことは理屈ではなく感情が許さなかったと思われると、著者は書いている。こういう松下氏の姿勢が、社員には恐れられ、次第に彼がカリスマ性を持つようになったと思われる。先述の江口氏の話は松下氏が七〇歳を過ぎての話で、若い頃はやはり他人に対して厳しい男であったのだ。

昭和三九年七月九日夕刻から、一一日の正午まで熱海で開かれた「全国販売会社代理店社長懇談会」は、後に「熱海会談」として、幸之助神話となった。会長に退いて四年目であったが、彼が企画したもので、全国一七〇社の販売会社と代理店の社長たちが集められた。ほとんどが松下の資本が入っていたが、基本的には彼らは独立した経営者であった。

彼らの中には、かつて松下が家内工業の時代から、劣悪な性能のソケットや電球を松下に頭を下げて販売してくれと頼まれて、努力・協力して、長年松下を支えて来た人たちがいた。この会議当時、松下は押しも押されぬ大企業になっていたが、一方、販売現場では種々の問題が発生し、市況は悪化の一途をたどり始めていた。売上高は調べてみると、特に松下からの押し込み販売で、順調に収益を上げているのは数社だけで、大半は赤字か赤字寸前の状態であった。これを知った松下氏は、ショックを隠しきれなかったという。会談は彼の「今日は皆様の本音をお伺いしたい」というような前置きで始まり、彼の提示したテーマ、「販売会社制度の問題」、「夏物商品の取り扱い」、「押し込み販売に関する意見」などに沿い議論が進んだが、喧々囂々（けんけんごうごう）、非難の応酬で収拾がつかなくなったという。これは松下氏も想像していなかった展開だった。そして最終日の最後の三〇分、彼は素直な気持ちで彼らに反省の弁と長年の恩を述べ、今後松下電器が過去の初心に帰って努力することを涙ながらに訴えたという。それまで怒号が飛び交っていた満場も静まり返り、出席者の半数近くがハンカチで目頭をぬぐっていた。

著者の岩橋氏は、最後の最後で、皆の合意を取りつけた、人情の機微を敏感につかみ取り、体験に根差した言葉で訴えかける松下氏の感性の鋭さに感嘆したと述べている。この会談直後、松下氏は営業本部長となり、販売網の改革にとりかかった。一地域一販売会社制とか、月賦販売制度の改革、経費節減などである。そしてこの効果はほどなく成果を上げ、数百億円の利益をもたらしたと言う。また、皮肉にも、これが経営トップの資質と能力を浮き彫りにした。本来は松下正治社長がやるべき仕事なのだが、六九歳の会長の幸之助氏が相変わらず松下の実質トップであることを知らしめることになったからである。松下正治は学歴などは申し分なかったのであるが、経営能力はあまりなく、それ以上に偉大な松下氏を始終戴いていたという不運もあったようだ。社員は常に彼よりも幸之助氏を意識していたからだ。

これが次の三代目社長「山下跳び」につながった。これには社外重役であった中山素平氏の意見が大きかったようである。

熱海会談の三ヶ月後、松下電器は「コンピューターからの撤退」という大きな決断をしている。当時、日本では七社が激しく競り合っていた。アメリカではＩＢＭが断然王者だった。松下氏はアメリカの大手銀行の要人から「日本は多すぎないか」と懸念を表明され、既に五年も開発を続けていたが、コンピューターはやがて寡占化されると見て、総合家電メーカーとして撤退したのである。これを、山下社長は正しかったと擁護したらしいが、松下氏がハイテク・情報化時代への対応力をなくしていたと見る向きもある。

以後も、松下電器は何度か経営危機に見舞われている。一つは昭和四一年、公正取引委員会が、独占禁止法違反で、松下電器、三洋電機、東芝など大手家電メーカーに価格カルテルの疑いありとして一斉に摘発したことである。特に松下の「ヤミ再販価格」は悪質であるとした。松下の取った定価販売制度はなくてはならない仕組みであると提訴し、裁判で争ったが、主婦連や全国地域婦人団体連絡協議会など五つの消費者団体の不買運動もあって、どうにもならなかった。松下は関西主婦連の会長と交渉し、メーカーが決めた小売価格を撤廃する条件をのみ、ようやく不買運動は収まったという。

昭和五二年、松下が発売したビデオレコーダーのVHS方式は、ソニーのベータ方式と血みどろの戦いを制し、世界のビデオがVHS方式で統一された。

松下が、幸之助氏の死後、「工業化社会」から「知的創造社会」へと向かうという時代の変質をとらえ、「可能性発見企業」というコンセプトを打ち出している。そこには、「新生活創造事業」、「マルチローカル・ネットワーク経営」などとともに、「自発的個性集団」という言葉があった。従業員が自立し、個人の自己実現が企業の発展につながるという考え方で、幸之助氏の強烈なワンマン支配から脱しようとした気配が見られる。しかし、これも折りからのバブル経済の渦の中で、たちまち暗礁に乗り上げたとある。言い方を変えれば、言葉でいくら目新しいことを目指したとしても、現実はなかなかうまくいかない。会社の経営というのは、難しいものだと思う。

平成三年、子会社ナショナル・リース社が、料亭の女将で「天才女相場師」の異名をとった尾上縫に、五〇〇〇億円を融資。これが全額焦げ付き、また、昔松下氏が設立した松下興産の経営破綻があった。その負債総額は八三〇〇億円に膨らんでいたという。松下正治の長女敦子の夫が長く社長、会長を務めていた会社である。幸之助氏は、父親の失敗を見て投機やバクチ的事業には決して手を出さなかったというが、会社も変質していたのである。

松下電器は、家電ブームが盛り上がって、経営が安定してからは、多くの社会的寄付活動を行っている。昭和四三年、霊山顕彰会を作り京都東山に霊山歴史館を作ったのを皮切りとして、飛鳥保存財団の理事長なども引き受けた。硲氏は昭和四〇～六〇年代に亘る数億から数十億円の寄付活動を列挙している。それによると、児童の交通災害防止、社会福祉対策資金を全国の府県に、国際大学設立準備財団、インドネシア経営教育センター、国際科学技術財団、松下国際財団、花の万博記念財団の設立などがある。そのわりに「稼ぎ一途のガメつい会社」のイメージがさほど薄れないのは、独禁法違反などで消費者から厳しい批判を受けたこと、巨大な企業規模や利益と比べて幸之助氏をはじめ会社のメンバーの文化的イメージが意外と貧弱であったことによるのだろうか、と述べている。

私の手元にたまたま手に入った比較的最近のＰＨＰ誌がかなりある。それは毎月出版されている小冊子であるが、表題を見ると、「ひかえめなのに、強い人」、「人生、何度でも立ち上がれる」、「相手の気持ちがわかる人」、「くよくよしない人・毎日を楽しめる人」、「少しだけ、ゆっくり生きてみよう」、「一歩ふみだそう」、「あたりまえに感謝する」などとある。これらには一般市民を対象に、毎日の生活を少しでも意義のあるものに、という限りない優しさが溢れている。中を読んでも、有名人の場合もあるが、多くの記事が名もない人の体験談や提言となっていて、心に沁みる文章がいくつも見つかる。それらを読むと、皆苦労をしながら、優しい心で懸命に頑張っている人たちがいると、心から感動する。

そして、これらを眺めると、私は、松下幸之助氏の精神は、この庶民の人たちを思いやる気持ち、こういうところにあったのだと、つくづく感じるのである。

注一、　これは、体操競技で、当時跳馬の「山下跳び」と言われた新しい技術で、世界的に有名になり東京オリンピックなどで優勝した山下治広選手の呼び名からとられた。山下氏を抜擢したのは松下幸之助氏であったと世上言われたが、これは事実ではなく、本書でも江口氏が幸之助氏に「山下と言うのはどういう人なのか」と尋ねられたことが書かれている。正治氏の意向は幸之助氏の子飼いの重役陣が高齢化して、これらの人たちの動きが鈍く、どうにもならないというところにあったようで、彼は山下氏にこの刷新を託したかったようだ。山下氏は就任を要請された時、とんでもないと拒否したようだが、社長になってからは、期待に応え、人事を大幅に変えていった。

この本では山下氏就任七年後の幸之助氏の山下氏に対する怒りの原因など、一切触れていないが、山下氏が次々と改革を進めていく中で、創家の松下正治会長などを、ないがしろにしたということだったらしい。

その後、四代目社長の谷井昭男氏の後半時にはますます対立が激しくなったようだ。これらは『ドキュメント パナソニック人事抗争史』（岩瀬達哉著、講談社、二〇一五年）に書かれているらしいが私は読んでいないし読む気にもならなかった。だが、たまたまインターネットに岩瀬氏による紹介記事が出ていた。それによると、この時も松下正治氏の意向がからんだ谷井氏と五代目社長の森下洋一氏の交代劇のことらしい。

注二、　調べてみると、二〇一七年一二月の衆議院議員選挙の結果では、私がその名を知っている範囲では、推した人と、推された人が、やがて対立するというのは、歴史上も幾多の例があるし、私自身も若い頃に東大原子核研究所に在籍していた時、教授間でそういうことがあった。

野田佳彦氏、逢沢一郎氏、原口一博氏、高市早苗氏、玄場光一郎氏、前原誠司氏、小野寺五典氏、福山哲郎氏あたりで、衆議院二七人、参議員七人である。最近は入塾への応募者が減って約一〇〇人だとのことである。今年の塾生は四人とのことで、政経塾の人気も岐路を迎えているかもしれないというネット記事もあった。これには、今まで一応名を揚げた上記のような政治家の振る舞いが少なからず影響していると思われる。

また、これらの政治家の多くは松下政経塾を中退した人が多かったらしい。幸之助氏の説教じみた、前近代的な話に五年間も付き合うのはやりきれず、ということではなかったかと想像する。

注三、　三洋電機は、一時期世界に従業員一〇万人の大企業になったが、たび重なる製品の重大事故や不祥事で経営が苦しくなり、二〇一一年、株式交換によりパナソニックの完全子会社になった。幹部などが会社を去り、経営統合であって倒産ではなかったとのことである。

注四、　これについては、次に挙げた『血族の王』にやや詳しいことが書いてある。一男一女がいたとのことである。後年、著者がその女性と会った時のことも触れられている。

あとがき

この本で、私が還暦になっての定年後、執筆した本が想像もしていなかった一三冊になった。文筆業としていったい自分が文章を書きたくなるという衝動は、何から来ているのかと考えてみる。最初は単なる好奇心で勉強していたのだが、人に、その知識を共有させて下さい、そのために本にして下さい、と言われたのがきっかけであった（『自然科学の鑑賞』（二〇〇五年）。

さらには、これも好奇心からなのだが、いろいろな本を読んでいると、さまざまの思いに駆られ、それを何かに表現したくなる。それが本の出版につながったのである。

私の好きな話は、科学上の不世出の天才ノーバート・ウィーナーが広い分野で信じられないほどの貢献をし、若い人がその謎を問うた時、彼はひと言「飽くなき好奇心」と答えたというエピソードである（注一）。これは、いつも私を励ましてくれる言葉である。

兼好法師は徒然草一九段で「おぼしき事言はぬは腹ふくるるわざなれば、筆にまかせつつ、あぢきなきすさびにて、かつ破り捨つ（やりすつ）べきものなれば、人の見るべきにもあらず」と書いている。最後の「人の見るべきにもあらず」というような格好を付けた表現は、彼が世捨て人ということをことさら強調したかったのかもしれないが、私は言いたくない。兼好が読書の相手、大衆を意識していたのは明らかである。それでなければ、全一四三段という一大長編を書く情熱は出てこない。もともと、私は彼と違って出家をしているわけでもなく、世を捨てるどころか、いつまでも世間のもろもろの事象に興味があって、何かに感動したりすると、人にも知ってもらいたくなり、そのことで話もしてみたい、と思うのである。

彼の初めの言「おぼしき事言はぬは腹ふくるるわざなれば」は全くよくわかる心境であり、私の場合も、自分の気持ちを、まず書いてみて文章にする。その結果、その文章を読んだ人の感想を聞いたり議論するのは非常に楽しいし、これが一つの喜びにもなっている。

それと、世のいわゆる社会生活からはとっくに引退している身にとって、それでも何らかの生産活動はしたいという気持ちもあるように感じる。人々は社会で何らかの職業生活をしている時は、自分は何か社会的に貢献する仕事をしているという意識で、安定した気持ちで生活している。ところがそういうことがなくなってしまうと、自分の存在意義は何だろうと思ったりする。

近年は、世の中の風潮が、消費生活を満喫するものとなっている。このことに関しては、かつて自著『穏やかな意思で伸びやかに』(二〇一九年)の中の「巨大なテレビジョン文明の時代」で書いたことでもあるのだが、物の消費に留まらず、多くの娯楽、旅行、食事、音楽、美術の鑑賞、スポーツ観戦など、時間を消費することに楽しみを見出すことが主たる関心事ということが、普通になってきた。それは文明の発達、平和な社会に付随したことで大いに結構なことなのだが、一方、私たちは、作る喜びはなかなか体得できず、ただ使う快楽をのみ追っている人も多い。生産の場の家庭は、ひたすら消費の場になっている。こういう状況で、読書による感動を文章に書くということは、ささやかながらも、生産の喜び、その充実感を追っているという気がする。

人は何をもって毎日の満足を得るか。年を取って来ると、ボランティアの活動で、人に貢献し、人に感謝されることで生きがいを感じている人は多い。それも一つの生き方だと思う。

私の場合、何と言っても、古今の幾多の本の読書を通じ、自分が新たな事実を発見し、思索を深め、これを文章にすることによって、自分の認識を確認して、自分が少しずつ前進しているのを感じるというのが、この年齢になっての一種の生きがいである。これは完全に自己満足の世界かもしれない。しかし、それを読んでくれる人がいて、その認識を共有してくれる人が、少しでもいてくれるというのが、支えにもなっているように感じている。

今回も、出版社に原稿を渡す前に、妻園子が一通り眼を通して、わかりやすい表現にしたり、修正を施してくれた。また丸善プラネットにお世話になり、幾多の編集の業務に尽力戴いた。謹んで深く感謝いたします。

注一、　彼については、最初の随筆であった『折々の断章』（二〇一〇年）内の「ノーバート・ウィーナー」で正負の両面を記述した。

二〇一九年三月　　曽我文宣

著者略歴

曽我　文宣　（そが　ふみのり）

1942年生まれ。1964年東京大学工学部原子力工学科卒、大学院を経て東京大学原子核研究所入所、専門は原子核物理学の実験的研究および加速器物理工学研究。理学博士。アメリカ・インディアナ大学に３年、フランス・サクレー研究所に２年間、それぞれ客員研究員として滞在。

1990年科学技術庁放射線医学総合研究所に移る。主として重粒子がん治療装置の建設、運用に携わる。同研究所での分野は医学物理学および放射線生物物理学。1995年同所企画室長、1998年医用重粒子物理工学部長、この間、数年間にわたり千葉大学大学院客員教授、東京大学大学院併任教授。2002年定年退職。

以後、医用原子力技術研究振興財団主席研究員および調査参与、（株）粒子線医療支援機構役員、NPO 法人国際総合研究機構副理事長などとして働く。現在は、日中科学技術交流協会理事。

【著　書】
『自然科学の鑑賞―好奇心に駆られた研究者の知的探索』2005年
『志気―人生・社会に向かう思索の読書を辿る』2008年
『折々の断章―物理学研究者の、人生を綴るエッセイ』2010年
『思いつくままに―物理学研究者の、見聞と思索のエッセイ』2011年
『悠憂の日々―物理学研究者の、社会と生活に対するエッセイ』2013年
『いつまでも青春―物理学研究者の、探索と熟考のエッセイ』2014年
『気力のつづく限り―物理学研究者の、読書と沈思黙考のエッセイ』2015年
『坂道を登るが如く―物理学研究者の、人々の偉さにうたれる日々を綴るエッセイ』2015年
『心を燃やす時と眺める時―物理学研究者の、執念と恬淡の日々を記したエッセイ』2016年
『楽日は来るのだろうか―物理学研究者の、未来への展望と今この時、その重要性の如何に想いを致すエッセイ』2017年
『くつろぎながら、少し前へ！―物理学研究者の、精励と安楽の日々のエッセイ』2018年
『穏やかな意思で伸びやかに―物理学研究者の、跋渉とつぶやきの日々を記したエッセイ』2019年
（以上、すべて丸善プラネット）

思いぶらぶらの探索
——物理学研究者の、
動き回る心と明日知れぬ想いのエッセイ

二〇一九年五月二〇日　初版発行

著作者　曽我　文宣

発行所　丸善プラネット株式会社
〒一〇一-〇〇五一
東京都千代田区神田神保町二-一七
電話（〇三）三五一二-八五一六
http://planet.maruzen.co.jp/

発売所　丸善出版株式会社
〒一〇一-〇〇五一
東京都千代田区神田神保町二-一七
電話（〇三）三五一二-三二五六
https://www.maruzen-publishing.co.jp/

印刷・製本／富士美術印刷株式会社
ISBN 978-4-86345-424-8 C0095